JN038985

パウル・ツェランと中国の天使

多和田葉子
関口裕昭 訳

文藝春秋

目次

糸かけ曼荼羅「地球」

製作　吉川あい子

撮影　釜谷洋史

装幀　関口聖司

パウル・ツェランと中国の天使

1　歌うことのできる成長[1]

交差点にぶつかるたび、その患者はサイコロを持ちあわせていないことを後悔する。持っていれば、自分に代わってサイコロが決めてくれるのに。直進するか曲がるか？　直進するなら、次の通りを横断しなければならない。赤信号を無視するか、立ち止まるか？　おとなしく緑（あお）になるのを待つのは彼には愚直に過ぎるし、血の色を無視するのは危険すぎる。それに信号が偶然、緑だったら？　それも解決にはならないだろう。偶然など存在しないからだ。でも、もし偶然がおきるのなら、いかさまの印がつけられているはずだ[2]。

緑もいけない、赤もいけない。残るのは中間領域の黄色の信号だけ。マルメロのような鮮やかな黄色をした目[3]が、二秒間開いたかと思うとまた閉じる。その間隔を利用するには、豹に変身しなければならないだろう。患者は豹ではない。シマウマの背の上を歩くことなどすべて諦めて左に曲がる方がよい。幸い彼は通りの左側にいるが、それは偶然ではない。というのは、家を出てからずっと、自分の家であろうが、女友達の家であろうが、左に曲がってきたからだ。

もし右に曲がるなら、[4]陰険な目つきをしたレジ打ちが、哀れみ深い目つきをした同僚と二人で働いている小さなスーパーマーケットが見えてくることだろう。この二人のうちのどちらが彼からお金を受け取るのだろう。スーパーマーケットに入るのは、ロシアンルーレットをすることに等しい。

彼は左に曲がるので、すぐにカフェが見える。通りすがりにコーヒーを飲んでいる人びとを観察して、彼らの首を金色の穂のように刈り取っていく。ある聡明そうな額が彼の目に留まる。それは女性の額だった。患者の息はますます小刻みになり、白い目の鞏膜（きょうまく）は輝きを増す。彼女の銀色のネックレスは天の河のようにきらめき、唇は疲れを知らずにさえずり続ける。向かい側に座っているもう一人の女性も似た髪形をしている。突然、女性の口が押し黙る。なんてすばらしいのだろう、沈黙が訪れ、唇がほんのわずか開く瞬間は。しかしこのたびはまるで唇が患者にキスをしたがっているかのように声がない。キスはまだお預け。まずそのための台本が執筆されねばならない。慣習的な言葉を忌み嫌っている患者は、書くことができない。例えばキスという言葉は、きゅうりサラダの味がする。「夜のふざけ口[5]」なんかが別の表現方法かもしれない。でもそれを使うと剽窃[6]になるだろう。

見知らぬ女の唇を観察している患者の視線は、ますます批判的に冷ややかになってくる。何かがおかしい。この唇は二枚の死んだ肉片のように水平に並んでいるではないか。だから一方が上唇と呼ばれたがっているかのように、構造上のアンバランスが生まれる。どんな上下関係を見ても患者は悲しくなる。唇も垂直に並んで、どちらも等しい権利をもつべきなのだ。そんなことをあれこれ考えているうちに、彼が一番恐れていることが起こった。究極的な理想の唇が彼の目の前に出現したのである。それは色も形もない。完全ではあるが死んでいる。患者はひじの内側に激しく咳をして、半ば顔を覆い隠す。それから腕を再び垂らして恥ずかしそうに微笑(ほほえ)み、すぐそばの通行人に先を行く権利を譲った。本当にその必要はありません、ええ、キスなしで大丈夫です。どうか先へ行ってください。正直言いますと、今は強く触られるのが耐えられないのです。ここで提供されるものはなんでもわたしの代わりに受け取ってください。あなたは立派にわたしの代わりを務められるでしょう。

患者ははっと驚く。というのは自分の後ろに立って代わりを務めようとするのが、男ではなく女だったからである。女性の方がたいてい男性より立派にこなしてくれるし、女性に代わってもらうことは非難されるべきではない。正直言えば、彼はズボンの果たす伝統をちっとも重要視しているわけではなく、ただうっかりズボンをはいているだけだと思っている。彼はズボンを脱がねばならず、そんな恰好では仕事に行けないので、ベッドで寝ている方がいい。病気になることと病気の診断書を書いてもらうことはまったく別だ。医者はパソコンのスクリーンの上で倦怠感、無気力、食欲不振、注意力散漫、睡眠障害といった単語をクリックした。すべてが造語！　患者はこれらの語が、いや他の語もすべて人工的にでっち上げられたものであり、大地から成長したものではないことを知っている。

彼が女性の代理人を必要としていることは言うまでもない。ケチな研究所は彼の役職に見合った額の半分しか支払ってくれない。つまり、彼は学者の半分でしかないというわけだ。半分の人間が健康でいられるはずがない。職のない彼のもう一方の半分もまた病気になる。二人の病人はかかりつけの医者からたっぷり二回分の診察時間を求める。研究所では両手のある代理人を必要とする。つまり結局は半分ではなく二人の人間を必要とする。なぜ研究所は初めから二つの職場を用意しなかったのか。

患者は代理人に手を差し出しかけるが、もう女性の姿はそこにないので手は当てもなく空中[7]にさまよう。奇妙だ。さっきまで彼女はわたしのすぐ後ろに立っていたではないか。もしかしたら急におじけづいたのかもしれない。わたしの立場だったらいま誰が、この観音開きの扉を通って入って行くだろうか。

患者は遠くに美しい輪郭の人影を発見する。彼が来たのと同じ方向からやって来る彗星のような[8]女性。彼は恥じらいを覚える。自分の着ているシャツは色褪(あ)せ、いくつもボタンがとれ、財布には小銭がぎっしり詰まっている。あの女(ひと)はあらゆる花の中の花だ。カミツレの香りが彼の鼻の奥にまで上ってきて、脳を刺激する。患者はもう降参するほかない。というのは彼女はいつも主役を演じているプリマドンナで、歌姫(ディーバ)であるにもかかわらず、鳥類学者のように慎み深いのだから。正確なテンポを刻んで歩いていくが、それでいて彼女の歩みは決して分断されることのない、ひとつの中断もない優雅な息のスラーである。柔らかく決然とした歩みで、ためらいもなく観音開きの扉を通り抜けていく。

患者は誇らしげに思う。このオペラ歌手が、たいていの音楽愛好家が信じているようにアメリカではなくベルリンに暮らしていることを、自分以外の誰ひとりとして知らないのだ。しかも彼女は自分のすぐ近所、家の右側あたりに暮らしている。でなければ、自分の後ろをずっと歩いてくるはずがない。

彼は自分の家を出てから、ずっと左に曲がり続けているが、ほとんど家から離れていない。なぜならベッドからほとんど離れないからだ。だから左に曲がることもあまりない。最後に自分の枕を後にしたのはいつだったか、もう思い出せない。医者に尋ねられると、毎朝散歩に出かけますと答える。医者のご機嫌を取るためにそう答えるのだが、奇妙なことに白衣は家にいるように勧める。特に見えない危険を認識する状況におかれている人は、外出すべきではない、それは無責任だというのだ。患者は情緒の安定した人より早く危険を察知できる。しかし医者の忠告を無視して、外に出る。毎朝出るか全然出ないか。それは彼にもはっきりわからない。

胸の左側では心臓の鼓動が高まり、右側ではスーパーでミルクを買って一日が終わる。ミルクなしだと彼にはコーヒーが焦げついた味がする。コーヒーを入れると、ミルクが焦げついた味がする。彼が買うミルクには、三・五パーセントしか母が入っていない。残りはちちだ。[9] ミルクは水っぽくて、少し塩辛い。どこでもっと濃いミルクが買えるのか誰も教えてくれない。

実際には、どの方向にも壁はなく、どこでも望むところへ行けるはずである。けれども深刻な事態になれば、後方の舞台から正面の舞台への一つの方向しかない。その間にある厚い壁は本当にビロードからできていて、幕は確かに重たいが、誰にでもそれを開けることができる。舞台の一部分は情け容赦なく明るく照らし出されていて、女性歌手はそこに立たねばならない。いったん彼女が閾(しきい)を横切ったら後戻りはできず、もはや誰も、経験を積んだ芸術家であっても、自分の声帯を完全にコントロールすることはできない。なぜならその声はもう人間のものではないからだ。声が人間を見殺しにしてしまったら、もう誰も、黄金の星々で刺繡された芸術の天空であっても、その人を救うことはできない。管楽器、弦楽器、打楽器を演奏する音楽家たちは、その空間を最大限の音で満たしたかと思うと、次の瞬間には偉大な静けさでそれを打ち消す。そしてこの静けさから、プリマドンナがたったひとりで、最初の音を歌い始めなければならない。常に歌うことのできる歌はあるのだが、歌が生まれる静けさがまず作り出されねばならない。

声は彼女の口からは出てこない。どこか別のところから発せられる。見えない天使が彼女にウインクをする空中の高みのどこかから。観客の誰もその音の出所を特定することはできない。

患者は女性歌手が消えた観音開きの扉を見つめている。その扉は、ＤＶＤのプラスチックケースだ。彼はカフェの女性客たちを見ている。人類の半分は女性だというけれど、それは間違っている。明らかに半分以上はいる。さもないとこのシステムは壊れてしまうだろう。彼が覗き見るところはどこでも、男性より女性の方が多い。女性は肌を太陽にさらす。まぶしいばかりの上腕、そばかすのまき散らされたうなじ、隠された胸の谷間に見えるV字。豊潤な髪[10]を後ろになびかせ、患者に顔を向けて近づいてくる女性もいる。彼は過大な要求をされないよう小刻みにあとずさりする。足はもう歩道のへりを感じ取っている。あと一歩後退すれば、歩道から落ちてしまうだろう。

　コンサートホールに入れるのは市民だけだ。患者はひそかに、市民は国民よりもすこし傲慢なだけでましとはいえない、とは思ってはいるものの、自分は市民でありたいと望んでいる。というのは女性歌手が大変苦労して、イタリア語で歌っているからだ。彼らは感謝の気持から大衆扇動家（ポピュリスト）（Populist）を、あるいは患者の顰（ひそみ）に倣（なら）えばポプラ主義者（パペリスト）[11]（Pappelist）を選ぶ。「人々（ピープル）（People）」という言葉を避けようとして「ポプラ（Pappel）」と書くのだ。控えめで、勤勉な歌姫（ディーバ）はロシア語の台本を学び、歌っている。そして国民は独裁者の側に立っている。患者はひとりになるために、目を閉じる。彼はむしろ空っぽの観客席に座っていたいのだ。ここで「空っぽの」とは同時に死者で満ち溢れているということだ。死者はチケットを買うことができないので、コンサートホールは公的には空っぽということになっている。死者は統計だけに現れるのであって、それを除けば見えないままであり、音楽のあるところにやってくる。患者は、自分もまたこの場に居合わせるために死んでいなければならないと考える。死んでいるのだ、という思いが彼には思い浮かぶ。いや、さらに正確に言うなら、死んでいくという思いが。どのように人は死んでいくのだろう。死ぬことはそれと同じものではない。喜ばしく死んでいるということと常に居合わせるということ。

ここで彼は三本の指で額をさする。すると心が落ち着く。彼はあまり考えすぎず、とにかく歩こうとする。歩くことは言葉を用いずに考えることだ。頭から泡のように噴き出る言葉を追い払うのは容易ではない。彼の脳は空間ではない。それは関連のない言葉のぎっしりつまった塊だ。脳だけでなく、彼の眉や睫毛（まつげ）の繊毛も言葉から成り立っている。彼の胃は消化できない言葉でいっぱいだ。今朝はやく、朝食でパン（Brot）という言葉を食べた。昨日か一昨日、あるいはいずれにせよ過去のある日、彼はスーパーマーケットでトースト用のパンを買った。彼は至急ミルクが必要となり、三回角を曲がった。全部左に。そうしてたどり着いたスーパーマーケットで、トースト（Toast）は慰め（トロスト）[12]（Trost）のように響いた。円盤（シャイベ）とはまるで絹（ザイデ）で縫われたような美しい言葉だ。円盤状のパン。それは絹に包まれた暖かい女性の身体のように響く。それは女性の全体ではなく、彼女の薄い円盤だ。たとえミルクが焦げたような味がしても、パンの中には一切れの希望がある。患者は、自分が言葉だけを食べていると思い込んでいる。実際、彼は言葉に属するものすべてを消化する。彼はいつものように、食欲がないのに空腹だったので、パンをパンという言葉と一緒に食べたに違いない。

彼はその美しい女性歌手を毎日同じ時間に観察する。彼は嬉しくてしょうがない。なぜなら、彼女は自分の正体を彼に見抜かれていることに気づいていない様子だからだ。彼女は、古風な婦人帽をかぶり、大きなサングラスをかけ、幅の広いスカーフで口元を隠しているので、誰も自分に気づいていないと思っている。彼女は、患者が人を顔ではなく指によって認識していることを知らない。以前彼は最上階の一番後ろの列に座っていたが、舞台の上に見える女性歌手は指ぬきのように小さく、指の一本一本までは見分けがつかなかった。コンサートホールが閉まってから、患者は自宅で最前列に座っている。舞台がそのときほど間近に感じられることはけっしてなかった。デジタル式の音響空間を出てひとりベッドに入り、夜、目を開けたまま眠り続けると、明るい一日が彼を待ち受けている。以前は、灰色の中の灰色の日々があった。いまでは太陽が一律にすべての日々を照らし出し、白日の下に処罰を加える。町は二次元の世界のように見える。さらに造形的に思考するために、患者は自ら影を付け加えねばならない。

その間にすべての舞台が再開された。少なくとも人々はそう言う。しかし患者は交通手段の使い方を忘れてしまった。彼はプラットホームで、どんな気違いも自分を線路に突き落とすことができないような場所に立つことはできない。ホームに向かう階段がすでに問題となる。降りていくときに彼は地獄を、登っていくときにはギロチン台を思い浮かべてしまう。

家から外に出る。それは最初の一歩だろう。市民として彼はいつでも現実を逃れる権利を持っている。歩道に立つと、女性歌手は右からやってくるという確信を持つことができる。彼が右に行けば、出会いは一秒後に終わっていただろう。彼は左に行く。すると有名人が後ろからついてくる。彼女は何の不安ももたないので、ひたすら直進するのではないかという不安を彼は抱く。でも彼は次の通りを横切ることはできず、左に曲がらざるを得ないのだ。彼が驚いたことに、彼女は左に曲がり、カフェの中に入っていく。その中は涼しく、暗く、快適に違いない。しかし誰も入っていこうとしない。誰もこんなに多くの太陽を浴びようとはしない。自分の家を失ったものは、太陽の光に一日中身をゆだねている。癒しを与えてくれる影を持つ余裕のある人には、カフェの屋外の席に座ることはむしろアリバイのひとつになるのだ。人間が台無しにしてしまった夏をゆっくりと消化し、それを閉ざすことのできる冬はやって来ないだろう。冬が来ないのなら、春もやって来ないだろう。

以前は、幕間にいわゆる休憩時間があった。幕が閉められ、観客は舞台の上に何も見ることができなくなる。患者は気分を損ねた。どうして女性歌手は彼に盲目を強いることができるのだろう。頭を垂れて廊下に出ると、突然、人流のただなかに巻き込まれた。大半は銀色の固く波打った髪をした裕福な夫婦だった。自暴自棄になって彼はカウンターで一杯のシャンパンを注文した。酸っぱさが彼の内部をひりひりと刺激した。人びとは重なり合うように立っていた。それだけいっそう彼は孤独を感じた。

幸い休憩時間の孤独は終わった。休憩は国じゅうで禁じられている。校庭での休憩は禁止されている。アスパラガス畑での休憩は禁じられている。休みなく休憩をとるコンサートホールは閉館中である。さて、ＤＶＤでは、幕と幕の間には短い拍手があるだけで休憩時間なしに進んでいく。患者は最前列で新しい生活を満喫している。休憩のない生活を満喫している。学校では休憩時間が嫌いだった。授業中は、出来のいいおとなしい生徒を評価してくれた先生に集中できた。おまけに彼が学習することのできる教材もあった。しかし休憩時間中はすべての手がかりを失っていた。

　患者は追憶の学校から抜け出して、大きな観音開きの扉に向かう。自分が十分に強いのだと感じさえすれば、どの扉も開かれていると彼は思う。しかし観音開きの扉はひとりの女性であって、女性にだけ開くことができるのだ。内部空間も女性だ。もちろんその女性はマトリョーシカではない。たとえ彼女がマトリョーシカであったとしても、わたしは彼女と踊るくるみ割り人形ではない。わたしはずっと外にいるが、そんなことは気にならない。どのみち人形は嫌いだ。人形のような女の子はおしっこの臭いがする。そのことは女友達に何度も言った。わたしは自らも芸術家であって、わたしよりも有名な成熟した女性が好きだ。女友達はわたしを嘲笑し、いつからあなたは有名なのと尋ねた。あなたを知っている人間は、あなたのお母さんとあたしのふたりだけ。女友達の顔は真二つに裂けて、その後ろから母の顔が現れた。やっぱりすべての女性はたったひとつのマトリョーシカというわけか。いったいわたしはさらに奥にある顔にキスするために、何回女の外面（そとづら）を突き破らねばならないのか。

　体の芯で一匹の犬が大声で吠え始める。吠えるだけでなく、泣きわめき、いななき[16]始める。静かに！　わたしは思考を整理しなければならない。あらゆる吠え声は、彼の額の繊細なガラスの壁に対する内部からの一撃となる。患者はますます大声で吠え続ける獣に足蹴を食らわせる。突然、犬は静かになり、患者は自分が歌いだすのを求められていると感じるが、あいにく歌うことのできるアリアはない。なぜわたしは犬に暴力をふるったのか。愛犬のアオルタ[17]に対して。何度この犬を抱きしめ泣いたことだろう。当時、朦朧とした頭で果物ナイフを手に取ったとき、彼が膝の上にはしゃいで飛び上がってきたので、わたしはナイフを落とした。シベリアンハスキーのアオルタは、前の飼い主に叩きのめされて森に捨てられたにもかかわらず、わたしに全幅の信頼を寄せていた。特に高品質のヒマラヤ杉[18]を探していたアメリカ人の写真家がそこでアオルタを見つけて、動物保護協会に運んだのだった。ある地方新聞でその記事を読んだわたしが、彼を引き取ったのだ。最初の日から彼はわたしの手から何でも食べた。クッキー、ポテトチップス、枯葉。今でもわたしはそのざらざらとした熱い犬の舌の感触を、掌や指の間に感じることができる。わたしの両親はその犬がフランツ[19]という名前だと思い込んでいた。わたしは絶対に彼らに本当の名前を教えなかった。アオルタという名前を！　この名前、擬人化された秘密は、たとえわたしが地面に埋められても、永遠に心の中にとどまり続けるだろう。

わたしが家から出ると同時に家にとどまっているので、彼らはわたしが病気だと言っている。追憶の家というものがある。その家を去ることは、また別の家に入ることである。ある世界の中にとどまりつつ、同時にその世界を去るということは矛盾しない。彼は退場しながら、登場することができる。彼は患者であり続けると同時に、一人のわたしでもあるのだ。

患者の名はパトリック[20]という。彼が内的独白の中で自分のことをときおり患者と呼ぶのは生き延びるための一つの戦略なのだ。「わたし（ich）」はパトリックにとって人称代名詞であり、第一の、それゆえ稀有な孤独にあるもっとも重要な人称なのだ。三人称はひとつの救いである。というのは、常に「わたし」という温和な言葉を用い、全ての動詞に語尾のeを付けることは、不健康だからである。「もつ（habe）」、「考える（denke）」、「食べる（esse）」、「愛する（liebe）」、「洗う（wasche）」、「買う（kaufe）」というように。このモノトーンは何とかならないか。どんな作曲家だって、自分の台本作家にいつもeで終わらせるようなことは許さないだろう。

パトリックはときどき一人称の牢獄に幽閉されているような気がする。もっとも手には鍵が握りしめられていて、いつでも檻から自由になることができる。しかし彼はそう簡単に扉を開けることはできない。鉄のモノを鍵穴[21]に突っ込んで廻すことは痛みをもたらすから。現代の人間は開放を望まないわけにはいかない。開放は痛みをともなう。閉めると安心する。

鍵穴は彼の耳の穴である。耳から油じみた血が流れ出る。痛みが伴うが、ときには一人のわたしであるより患者である方が[22]よいことだってある。さもないと呼吸を通して酸素を取り入れることができない。肺の刺し傷は何とか耐えることができる。次々に何度も刺されることによって彼は熱を出す。そして熱が出ると、空港に行かなくてすむ。

パトリックがパリのパウル・ツェラン学会に参加を申し込んだとき、学会の事務局から再度問い合わせが来た。

「あなたの国籍は？」

「なぜ、そんなことを尋ねるのですか？」

「それに応じてあなたの航空運賃を負担する財団が違ってくるのです」

　パトリックは、ＢＲＤ（ドイツ連邦共和国）と答えて略語を用いたことを後悔した。大文字だけを使うのは臆病だ。わたしはＩＦＷＬＢに所属しているＦＭであり、ＡＦを使ってＩＰＣＫ[23]に行きます。これがお手本となる返答だろうか。小文字で話すほど、わたしの自尊心は大きくない。大文字は人を守ってくれる。後になって彼は事務局に、参加者の出自を気にしているようにみえるこの学会には参加したくない、と書き送った。

　わたしはフランクフルトで生まれた。そう言うと、頭のいい奴はすぐに早口でこう先を言う。ああ、ポーランド国境沿いにあるオーダー河畔のフランクフルトですね！　違う、マイン河畔で生まれたのだ。マイン川はライン川の支流で、ドイツの所有物ではない。でも誰がここで所有のことなど話すのだろう。わたしは流れについて話しているのだ。流れている水の中にお金を投げ込もうとする財団などないことは分かっている。ストップ！　患者は考えないで歩こうとする。歩くことはコンマなしでリズミカルに思考することだ。彼は自分の名前がパトリックだということをすっかり忘れて、固有名など必要としない自分の足でひたすら歩みを進める。あっしの名は足。今日の課題は家を出て、一万歩を歩くこと。自分の家を出ることはたやすい。人生を始めるためには、両親の家を出なければならなかった。人生の始まりは何もない通りの上にある。左に行く方がいい。パトリックには十八歳で両親の家を出た弟がいる。彼は左ではなく、右に人生を切ってしまった。弟は、長髪にしてカフェに入り浸り、女の本を読んでいる兄が嫌だった。自分が本当にしょっちゅうカフェにいたかどうか確信がない。彼はまた、極右の思想をもつ弟がいたかどうかも分からない。彼は嘘をつくのが好きな、自分の内側にある唇も十分に知り尽くしている。唇は嘘をつけるところで嘘をつく。昼も夜も嘘をつく。理由もなく自分の知らない理由から倦まずたゆまず嘘をつく。ある扇動的（ポプリスティッシュ）な、あるいは再び自ら作り出した概念でいえば「ポプラ的（パペリスティッシュ）」な党の活動家の弟がいるからといって、彼に何の得があるのだろうか。いや、やはり得るところがあるのだ。怪しげな弟がいることは、そこから決定的な何かを得るのだ。それは一つの指針である。患者は内なる羅針盤（コンパス）をもたない。意味のある嘘によってはじめて彼は頭の中に市街地図を描くことができる。嘘も方便。けれども自身の真実を作り出すことは美徳ではない。患者は良心の呵責に苦しむ。そのとき慰めとなるのは、彼が声を出さずに嘘をつき、その限りにおいてこの悪癖が周囲の世界に害を及ぼさないことだ。

　彼の外側の唇はまじめで忠実だ。彼はけっして女友達には嘘をつかない。彼は彼女に何でも話す。たとえば、彼女より成熟し調和の取れたあの女性[24]歌手に恋してしまったことも。女友達は火のような目をして、震える手で彼に熟れたイチジクを手渡す。漂う甘い香り。果実は絹のような肌をしている。患者がその果肉を齧ると、滴るような赤い果肉が血管や繊維とともにあらわれる。イチジクか？　パトリックの舌の上で血の味がする。左の頬は燃え、耳の鼓膜は麻痺している。もしかすると女友達から激しいビンタを食らったのかもしれない。あるいは彼女が叫んだのかもしれない。その出来事が起こったのは彼から遠く離れたところだ。

女友達は、彼が死滅したジャンルを大切にしている長髪の敗北者であると言ったに違いない。消えたジャンルとは何か？　抒情詩？　それともオペラ？　それとも愛？　女友達は実際それに代わって何と言ったのか？　元の文章は消え失せていて、再生は不可能だ。しばしば人生で起こるように、患者は自分独自の翻訳だけを記憶していた。

彼女の男友達は軟弱な奴で、カフェに座って甘ったるい詩行を読んでいる。それ以外に彼は何をすればいいのか。会社を設立する？　ちがう。女友達は彼が重要な詩を体系的に選択し、決然とした解釈を施し、それが評価されて学術的なポストを手に入れれば満足するだろう。もちろん彼の解釈は堅牢なものでなければいけない。彼は何度針で刺されても、声一つあげてはならないのだ。

女友達は、いくじなしは大学入学資格試験に合格できないと考えている。しかし彼女は一番重要なことを見落としていた。患者はすでに定職についている、しかもきわめて人気のある職に。彼は心が軽くなり、ほっとひと息つく。すべては悪夢に過ぎなかった。目を覚ますと、彼は世に聞こえた研究所に独立した研究員として定職を得ていたのである。しかし数秒後にはもう、自分が本当にこのポストに就いたのか、あるいは豪快にそれを断ったのか、確信が持てなくなっていた。彼の雇い主は、ツェランを病人扱いし、インゲボルク・バッハマン[25]をけなし、ネリー・ザックス[26]を過小評価し、他の真に読まれるべき詩人たちを、まるでそうするのが自分の天職であるかのように侮辱し尽くした。そんな輩をどうして上司として受け入れられようか。

わたしの内なる唇はまた嘘をさえずる。誰もわたしに職を提供してくれなかった。誰も採用の面接に呼んでくれなかった。どうしてその職を断ることなどできただろうか。しかし、誰もわたしを招かなかったわけではないのだ。わたしを求めたものがひとりいた。黒丸（コクマル）ガラスだ。ある朝カラスは、自分の前で歌ってみないかと尋ねた。わたしの頭の中へ大量の血が上ってきて、心臓が内側から胸に向かって烈しく鼓動した。というのも、わたしは人前で歌うことに、大きな不安と同時に大きな喜びを感じていたからだ。わたしは『薔薇の騎士』[27]のオクタヴィアンの役を演じ、侯爵夫人の前にひれ伏しながらその歌を歌っている自分の姿を想像した。だめだ、全然うまくいかない。オクタヴィアンは女性の声に定められている。将来、自分がやってみたい男性が、もっぱら女性によって演じられる役柄だったらどうすればいいのだろう。

学問はわたしにとってあまりに禁欲的だ。わたしにはまだ学問以前の学問か、またはもはや学問でない学問の方が合っている。そこで私は自分の声部（パート）[28]を見つけるだろう。患者はまだ一度もまっすぐな道を歩こうとしたことはなかった。彼の女友達は、彼がカフェに座って詩を読んでいる半熟の卵であり、今日では、そんなタイプの人だけがもう三回も流行でなくなった長髪をしていると思っていた。患者は本当に長い髪をしているのか。耳は両方とも奇妙にもむき出しになっているのが見える。それは貝のようにも、女性のようにも見える。それをチョキンと切って、お母さんに返そう。ヴィンセント・ファン・ゴッホ[29]は片方の耳を切って、それをある売春婦に贈呈した。この行為によって画家は、彼の目的に到達したのだ。彼はレプラ患者として竹ざおの後ろに隠れていたくはなかった。彼の病は高く評価され、芸術家のほとんど王座に並ぶものとなった。でも患者の髪は短いし、両耳には傷ひとつない。少し前に彼は坊主頭にした。彼は髪の毛の中に巣くっている言葉の虫が鬱陶しくなったのだ。チベットの坊さんは、髪の毛がいつも裸の女性を考えているというので髪と縁を切っている。髪は思考するのか？　もちろん。脳みそよりも思考する。それは自発的な行動だった。患者はまず、つかむことのできる髪を鏡も見ないで事務用はさみで切り落とした。家には鏡がなかったのだ。残りの髪は、安全カミソリで剃ったが、頭皮を何度も傷つけることになった。彼を間近で見た時、女友達は非常ブレーキを踏んだときのような叫び声を上げた。

「あなた、頭に何をしたの？　あたし、囚人と一緒にいるのはいやよ！」

それ以来彼は、彼女が彼と一緒ではなく、彼の髪と一緒にいたいのを知っている。彼は屑かごから髪の毛を取り出し、それを封筒の中に入れ、「ここにあなたの恋人がいるよ！」とコメントをつけて切手を貼って彼女に送った。この文章を下品だと思う人もいるかもしれない。でも彼が頭に何をしたのかという彼女の問いの方がずっと下品だった。この質問が彼をどれほど傷つけるか彼女には分かっている。彼はもう何年もの間、子どものころ頭に何をされたかを思い出そうとしている。それは子どもの頭を無邪気にバリカンで刈るといったことではなかったはずだ。

患者は髪を長く伸ばして詩を読む、心優しい若者でありたいと思う。彼は安心してパトリックと名乗ることができるだろう。彼の病気が名づけられない間は、患者としてより多くの自由を満喫できるのだ。市民的な名前があると、パトリックは恢復する義務を負わされてしまう。ではこのパトリックにもう恢復した男を演じさせたらどうなるだろうか。彼はまだ自分のキャリアを始めていないかもしれないが、それはまだ病気ではない。彼はまだ若い。抒情詩の暗室に入っていき、指先で注意深く自分の未来を手探りすることができる。世界には抒情詩的な職業はごまんとある。その一つも彼の手に入らないなら、むしろそれは奇跡だろう。抒情詩を解釈し、議論し、講義し、書評し、審査し、刊行し、販売し、作曲し、朗読し、演出し、翻訳する。そしてそのどれもがうまくいかないとき、彼にはまだ詩人になる道が残されている。たいていの職業は最近、アマゾンに棲息する多くの美しい昆虫たちのように絶滅した。

読書。人が何になろうと思うにせよ、それは最初の一歩となる。抒情詩は一つのよき選択だ。おまけに読書しているパトリックはとても美しく見える。彼の睫毛はどんどん長くなり、唇は赤みを増す。隣のテーブルで大声の会話があっても、どんなことにも彼の気が散ることはない。彼の横で二人の婦人が賠償責任保険について熱心に話し込んでいる。あんまり遠慮なく話すので、唾が熱帯地方のスコールのようにコーヒーカップに降り注いでいる。患者はまだパトリックではない。パトリックはカフェへと道を引き返し、賠償責任保険の議論がなされている隣のテーブルに座る。

患者とパトリックの間のわずかの時間のずれは誰を邪魔することもない。患者はテーブルの脚の下の方が錆びていることに気づく。舞台美術家にとってはこんな小さな部分でも、どうでもよいというわけにはいかない。パトリックは患者とは違う。パトリックはすぐには危険に結びつかない、錆や黴などの小さな汚点はすぐ忘れることができる。パトリックは落ち着き払って腰を下ろす。患者にとってはつらいことであろうが、彼は他の客の注目が集まる数秒間を耐えることができる。大都市に住む人間の好奇心は長くは続かない。たとえ彼があのフラマン人の画家のようにもう一つの耳を持っていなくても、ずっと彼を見つめていないだろう。

ショートヘアのウェイトレスはすぐカフェの奥に消えた。そして再びトレーを持って現れ、隅のテーブルにコーラのグラスを二つ置くと、新しい客のパトリックには気づかずにそのまま中に入ってしまった。嫌われるよりは見えていない方がましだ。おまけにわたしがここにいるのは何かを飲むためではなく、読むためであって、正確に言うなら、詩を読むパトリックになるためである。

ウェイトレスと入れ替わりにソプラノ歌手が現れ、詩集を読んでいる若い男を見つけた。彼女は黒いドレスを身にまとい、大きな華奢(きゃしゃ)なリングを繋げた首飾りをつけていた。パトリックはこのアクセサリーを知っている。マスタークラスを担当したとき、彼女はときどきこの首飾りをつけていた。折を見つけて彼は彼女がインタヴューに応じているビデオを見る。もちろんそこで彼女は台本通りに行動しない。どんな服を着て、何について話し、どう振舞うのか、すべて彼女ひとりが決めるのだ。この歌手が二重生活を送っているのを確認することは、彼を不安に陥れる。あやうく彼女は裏切り者だと非難しそうになる。

　ホーフマンスタールは舞台上での細かい指示を書き残した。[30] まるで決して自分が知ることのない未来の女性歌手の動作の一つ一つをコントロールしようとしたかのように。どの瞬間に侯爵夫人が枕の上に身を起こし、カーテンを閉め、後ろにもたれかかるかまで、はっきりと書かれてある。その台本を読むと、パトリックは何から何まで母に指示されている子どものような嫌悪を感じる。同時に彼は、もしそれがなかったら空っぽのままであろう彼の人生の内容を書いてくれることを望んでいる。パトリックは、作品に参加できる人物のひとりでありたいと思う。もし彼が別の人物を付け加えて欲しいというなら、ホーフマンスタールはそうしてくれるだろう。詩集に没頭して周りの世界を忘れている若い男を。[31] パーティーのほかの客たちは耳に値札をつけている。この若者は腐りきってはいない。彼は椿姫に気に入られるだろうか。いや。人を愛する能力、より正確に言うと歌う能力が彼にはない。彼の場合、喉と気管の間で人間的なものを越えて行くものが何も振動（ビブラート）しないのだ。彼は平凡な、はかない、息の短い人間なのだ。それに対しアルフレードは人間たちの彼方で自然の猛威のように歌っている本物の暴風なのだ。

　パトリックはようやく斜め向かいに立って彼の返答を待っているショートヘアのウェイトレスに気づいた。質問がわからぬまま、彼は答える。

「はい、お願いします」

「でも何を？」

ウェイトレスはあきれて問い返す。よい質問だ。彼は何を望んでいるのか。彼はすっかり満ち足りている。

「いいですか、あなたがわたしのために選んだものにします。わたしはいつも目にかけてもらえるとは限りませんから」

この返答に苛立って、ウェイトレスは彼にくるりと背中を向ける。彼女の肩甲骨の後ろに観音開きの扉が見える。扉の向こうは華やかなパーティーの最中である。建物のみずぼらしい外壁からは、どんなに豪勢な大理石の噴水がその後ろに隠れているかなど想像もできない。噴水からはシャンパンが噴き出し、シャンデリアの下に客たちのグラスがきらめいている。ここはパリなのだ。ひとりの高級娼婦がある男性から別の男性へと踊りながら移動し、五か国語を操ってお世辞をささやく。くだんの女性歌手は花模様のドレスに身を包んでいる。客たちの葉っぱの魂は、彼女の熱い息を吹きかけられて抗いようもなくパタパタはためく。自分の役になりきっているエスコート役の女性の名はヴィオレッタという。シャンパンは飲み干されており、客たちはペアを組んで次の広間に移っていく。ヴィオレッタも彼らの後を追おうとする。しかし突然、悪魔のような咳の発作が彼女の胸を襲う。彼女はうずくまり、スポットライトの届かない暗い空間に滑り込む。そばには客たちの姿はもはやない。一人の男をのぞいて。その男、アルフレードはまるで死に至らんほど烈しくせき込む女を力強い腕で抱く。患者はシンコペーションで息をする。何秒間かのあいだ、自ら進んで意識を失う。

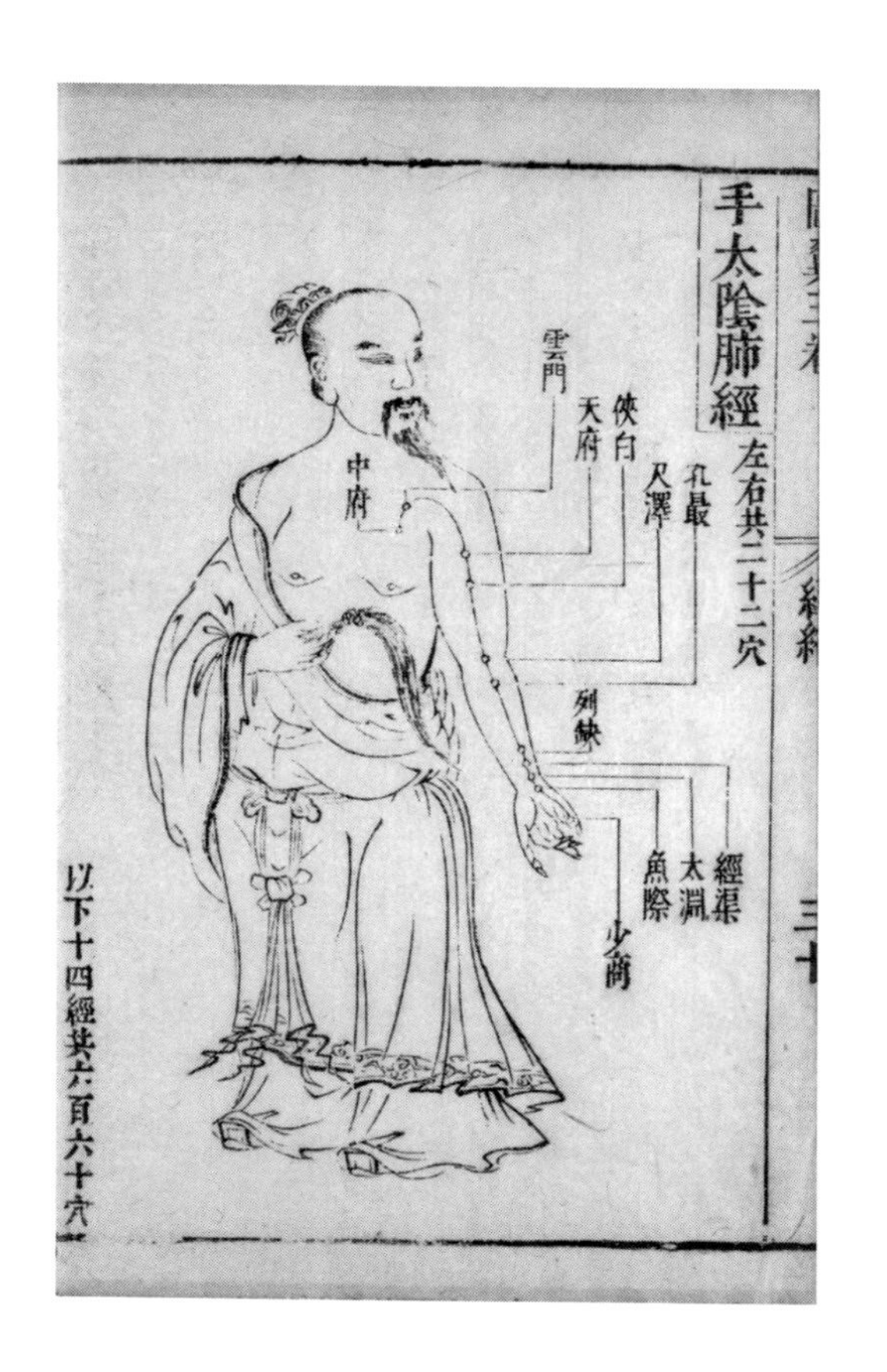
手太陰肺經
左右共二十二穴
雲門
中府
天府
俠白
尺澤
孔最
列缺
經渠
太淵
魚際
少商
以下十四經共六百六十穴

2　天使の素材[32]からなるテクスチュア

パトリックの前に立っている男は「チベットの向こうの」[33]人のように見える。このツェラン語をパトリックは人生で初めて使った。どんな人々の集団や言葉の集団が卵から孵化するのかも知らずに、長年ペンの下で温め続けてきたこの語を。この男は本当にチベットの向こうの人のように見える。それは主観的な印象であり、形容詞は主観を支持するためにある。

男は、パトリックのテーブルに座ってもいいかと尋ねる。彼の話し方は、「チベットの向こうの」というような風変わりな呼称を使わなければならないような珍しいものではない。それは少し訛りのある素朴なドイツ語だ。ほかのテーブルはお客でいっぱいなので、二人の男が仲良く一つのテーブルを分け合うのは理にかなっているように見える。

「私はレオ＝エリック・フーという者です」

男はそう言って、上品に手を差し伸べたが、パトリックが反応する前にすぐにまたひっこめた。パトリックは挨拶が肉体的動作で完了されなくてもよいことを理解している。ひとつの疑問が彼の頭のなかでぶんぶん旋回している。カフェでの束の間の出会いのためにわざわざフルネームを名乗る必要などあるのだろうか。それともレオもエリックもフーの三つともがファーストネームなのだろうか。パトリックは用心して自分のファーストネームだけを告げる。

「わたしはパトリックといいます」

「知っています」

レオ＝エリックはすべてを理解してうなずきながら答える。パトリックはこの答えをどのように解釈すべきか分からず、不安になる。するとレオ＝エリックは、ときどきあなたをこのカフェで観察していました、この前は詩集『糸の太陽たち』を読んでいましたね、と言う。パトリックはいつそんなことをしたのか全く思い出せない。でも自分がカフェで詩集を読んでいたというのはあり得る話だ。少なくともパリのパウル・ツェラン学会で講演をするつもりだったのだから。彼の参加がまだ許可されたままなのか、それとも神経質な変人として講演者リストからとっくに抹消されてしまったのか、現時点では彼は知らない。

「あなたは、詩集『糸の太陽たち』について講演をされる予定ですよね」

「数週間前はそう思っていたかもしれません。でも今はもうそのつもりはありません」

「どうしてですか」

パトリックはこの質問に対する答えを見つけられず、目を伏せてすぐに答えをでっち上げる。

「わたしは学会が嫌いなんです」

「どうして嫌いなのですか」

「あらゆる方向から見られている状況がストレスになるのです。突然、誰もが悪魔の仮面をつけているのです」

「いったい何が言いたいのですか。話についていけません」

「講演、質問、応答、議論。すべてが芝居のように思えるのです」

「社会は一つの劇場だと私は考えています。民主主義にはある枠組となる筋と熟練した演技が必要です。一途な思いだけで民主主義を築くことはできません」

パトリックは視線を上げ、このレオ＝エリックという人はもしかすると香港から来た自由の闘士かもしれないと思う。しかしすぐ、このとっさの思いつきを頭の中の紙から消しゴムで消してしまう。北京から来た人だって自由の闘士になれるではないか。むしろ民主主義に向いていないのはパトリック自身だ。

「わたしは質問も批評も議論も嫌いです。でもそんなことを大声で言ってはならないのです。要するに、わたしがこのように存在していることが正常ではないと思うのです」

「議論する文化の何があなたの気に入らないのですか。説明してください。ぜひその理由が知りたい」

パトリックの頭の中で大混乱の嵐が吹き荒れ、色とりどりの思考の断片をうまく整理できないことが彼を苦しめる。彼は新しい理論を打ち立てる。少なくとも、自分をしっかり繋ぎ留めることのできる一本の杭を。つまり、レオ＝エリックは民主主義に反対する意見を集めているのだ。隠しマイクを使って彼はＥＵ市民の現場の声を録音し、それを語学の教材として使う国々へ売ろうとしているのだ。パトリックは三本の指の腹で[34]、その背後でこの不条理な理論が構築され始めている額をコツコツ叩く。太った思考の幼虫をキツツキのように樹皮からつつきだして、食べ尽くそうとする。

「浜辺で砂の城を作るように、わたしは自分の講演をいつも丹精を込めて作り上げます。でもなぜ多くの子どもたちがおもちゃのシャベルでわたしの砂の芸術を壊してしまうほど残酷なのか、分かりません」

「シャベル[35]」という言葉を耳にするたびに、パトリックは鳥肌が立つ。思わず自分自身でこの言葉を発してしまった彼は打ちのめされ、レオ＝エリックが口元に笑みを浮かべて次のように言ったとき、再び慰められる。

「ああ、子どもたちに悪気はないのです。あなたは彼らの遊びをそれほど個人的に受け止めなくてもよいのです」

「もしわたしが何も個人的に受け止めなかったら、わたしという人間はどこに残るのでしょう」

「おもちゃのシャベルは、われわれがアイスを食べる木の匙と同じくらい無害なものですよ」

「たとえ医療用の小さな匙でも、わたしの神経が一秒だって我慢できないくらい残酷に逆なですることもできるのです」

「イチゴ入りのアイスをひとつお願いします」

レオ＝エリックはパトリックに向けてこう言うのではない。ウェイトレスはうなずくと、パトリックの前に一杯のミルクを置く。

「すみません、わたしはミルクなんか注文していませんが」

「あなたは何にするかをあたしにまかせました。あたしはミルクがあなたに一番合っていると思ったのです」

パトリックは自分が言ったことを思い出すことすらできる。彼にはめったにないことだが、目下のところ、時間の連続性のようなものが感じられるのだ。

「ええ、おっしゃる通りです。あなたがわたしをどう思っているのか知ろうとしたのです。つまりわたしはあなたにとって、ミルクのような初（うぶ）ひげを生やした若造[36]なのですね」

彼はウィットの持ち主でもある。ウェイトレスは彼の言葉を無視し、ちょうど手を挙げた隣の客の方に向かう。レオ＝エリックは修正液のように真っ白なミルクを見やりながら言う。

「あなたはツェランの『糸の太陽たち』の初版をお持ちでしょう？」

この男はパトリックの人生に関するあまり重要でない細部まで知っているようだ。

「はい、確かに一九六八年に出版された初版を持っていますが、特別なものではありません」

「なぜですか？」

「初版は五千部も刊行されたのです。わたしは五千人の読者のひとりにすぎません。難解な書物にしては驚くほど多い部数です。ドイツのオペラ劇場ですら二千席しかないのですから」

レオ＝エリックは明るい声で笑う。

「でも、それは五千人の人がその本を本当に読んだことを意味しません。あなたは、今日その本と真剣に取り組んでいる数少ない読者のひとりかもしれません」

「実を言うとわたしは疲れきっておりまして、難解な本と取り組むどころではないのです。その本を古本屋で買ったのはわたしの女友達であり、誕生日のプレゼントにくれたのです。彼女がそれをくれたとき、わたしは怒りました。もう少しでその本をゴミ箱に投げ捨てるところでした。ところが雪のように真っ白な表紙と本のほっそりしたボディがとても気に入ったので、本棚に並べておいたのです。分厚い本だったらすぐに火にくべていたでしょう」

「あなたの女友達はどこで間違ったのでしょう」

「故意でないことがわたしにとって最高の掟です。彼女がわたしに講演の原稿を書かせようとしていることは明白です。女性の策略はどんな善意から出たものであれ、わたしにはすべてが蛇の毒のように思えます」

レオ＝エリックは感情を表に出さずうなずき、こう言う。

「出世とはもちろん光る貝[37]ではありません」

出世なんかどうでもいいという人は、中国ではなく、もしかするとチベット出身かもしれないとパトリックは思う。彼はきっと僧侶の一人で、高山の奥でお金や出世のことなど考えず昼も夜も瞑想しているのだろう。パトリックは内心笑いながら、チベット人だって成功した商人ということもあり得るし、スイスの銀行に口座を持っていることだってあり得ると陳腐な想像の道筋（バーン）を断ち切った。パトリックはそれ以上レオ＝エリックがどこからやって来たのか穿鑿（せんさく）することをやめ、もっぱら彼の言葉に耳を澄ます。彼はたった今、出世は光る貝ではないと言った。それはきっぱりとした発言であり、それに答える値打ちはある。

「もし出世でなければ、貝とは何でしょうか」

パトリックはさらに話を先に進める質問を出すことに成功した。続けて彼は「貝」という言葉をひと口の赤ワインを舌の上で転がすように味わう。理解されるためには彼は頻繁に死んだ言葉を使う。あるいは治療の間黙っている患者に逆戻りする。今彼は搾りたての言葉を発することもできるし、誰も彼が病気であるとは思わない。レオ＝エリックは少し首を左にかしげ、答えを探そうとする。たっぷり時間をかけて。

人が沈黙すると、音楽が聞こえてくる。女性歌手は我慢できなくなって木の上で歌う。彼女は最初の音を高く定め、徐々に声を下げていって、そのあと再び高みに引き上げていく。一羽のつぐみ（アムゼル）[38]。その姿を見ることができるのは、樹木から降りてきたときだ。こんなに引っ込み思案の歌い手がありったけの声で歌えるのか。そう、今まさにそうするだろう。引っ込み思案も限度を超えるとある滞留を生み出す。ダムのようにその圧力は多くの電力を生み出し、コンサートホールのすべてのシャンデリアに届くだろう。パトリックはアムゼルを見失い、目の前に鳥に似たところがあるレオ＝エリックがいるのに気づく。それはもしかすると彼の細い首かもしくは黒いガラス玉のような目のせいかもしれない。レオ＝エリックがアムゼルでないと、誰に断言できよう。彼は高い樹上から人間を観察し、集めたデータから巣を作り、意味があると思うと人間の形[39]をして現れるのだ。パトリックのように、翼あるものの助けを待ち受けている人もいる。レオ＝エリックはようやく再び口を開いた。

「あなたは、否定の樹（Nein-Baum）を知っていますか。それは広い草原の真ん中に立っています。人はその木に八つの方角から同じ質問を投げかけることができます。答えはその都度違いますが、いつも否定なのです」

パトリックは、これはなんだか仏教の禅問答にあたる「公案」[40]のようだと思う。レオ＝エリックはもしかすると禅宗の信徒が一番多く住んでいる国、フランスの出身かもしれない。この推測はレオ＝エリックが次のように言ったとき、半ば確信へと変わった。

「出世（カリエーレ）という言葉はフランス語のカリエールに由来します。つまり経歴（ラウフバーン）です。この言葉はあなたにとって、出世（カリエーレ）のように不快に聞こえますか」

「経歴（ラウフバーン）？　ええ、ものすごく不快です。わたしは自由でありたいのです。高速道路（アウトバーン）でも、鉄道（アイゼンバーン）のレールでもない、小道も歩道もない原野がいいのです。自由な現代人はすべての方向に歩いて行けねばなりません。四つや八つの方向だけではありません。八つよりもっとたくさんの方向があるのです」

「でもあなたが生まれ育ったのは、中央アジアの草原ではなく、高層ビルの立ち並ぶ都会でしょう？」

「ええ、たしかに」

「そこでは、歩行者にとっても自動車にとっても、方向はたいてい前、後、左、右の四つだけです。しかし四つの方向だけでもあなたにとっては多すぎるのでしょう。その都度新たに決定を下さなくて済むように、あらゆる状況に用いることのできる唯一の答えをあなたは見つけたのです」

「その答えとは？」

「左へ進め！　です」

パトリックは唾を飲み込んで、ストロボスコープのように瞬きをした。光と闇の目まぐるしい交代の中で、目の前の人物は消えた。すると語りも容易になる。

「どこからそれを知ったのですか？」

「さっきも言ったように、あなたを観察していたのです」

この嘴のない男はアムゼルではないのかもしれない、とパトリックは思う。このインテリ風の男はもしかすると北朝鮮の出身で、巨大なデータバンクと繫がっている特殊なコンタクトレンズを嵌めているのかもしれない。パトリックは自分の思考がふたたび脱線し始め、どうしたら現実の本線に戻って来られるのかと考えた。レオ＝エリックは眉をしかめて言う。

「落ち着いてください。私はストーカーではありません」

ストーカー！　そんなことは思ってもみなかった。ストーカーの犠牲者が、皺だらけのシャツを着て血色の悪い頬をしている男であるはずがない。

「いいえ、あなたがストーカーかもしれないと疑ったことはありません。正確に言えば、自分がそのような行為の犠牲者になるなどとはとても想像ができないのです。むしろスパイだと思っていました。でも重要な情報をもっていないので、これも考えられません。もしかするとあなたは、わたしの頭の中から巨大な無を盗もうとしている禅宗信者のスパイですか？」

パトリックは茶化して最悪の事態を回避することに成功した。レオ＝エリックはほっとして笑い、準備していたかのように滔々と語り始める。

「私はあなたに主要経路（ライトバーン）のことを話すために来たのです。経絡[41]は人間の体内に張り巡らされています。主要な経絡は十二本あって、メリディアンと呼ばれています。ドイツの医者たちは最初「主要経路（ライトバーン）」という概念を使っていましたが、しばらくたって子午線（メリディアン）という概念を導入しました。それは中国語のチンマイ（経脈）のフランス語訳を通してできたのです」

パトリックは反射的に言い返した。

「でも子午線（メリディアン）は一本しかありませんよね。どうして複数の子午線（メリディアン）について話すのですか」

「たいていの人はたった一本の子午線（メリディアン）、本初子午線について語り、他のすべてを排除してしまいます」

「そうですね、ツェランには詩論のテクストがあまりありません。でもこの子午線はわたしにとって何をおいても極めて重要なのです」

「では彼の詩はこの一つの子午線から説明できますか」

「もちろん無理です。あなたにとって一つの子午線では少なすぎるのでしたら、いったい子午線がいくつあればいいのですか」

「主な経絡（メリディアン）は、時計の文字盤の数字と同じ十二あります」

「いったい何のことを言っているんですか」

「たとえば肝臓の経絡（メリディアン）は足の親指の爪の下から始まって、足の甲を通り抜けて、ひざと大腿部へ向かい、さらに肝臓、のどの後部、鼻、目、額を通って頭頂部にまで達します。肝臓に問題があると、この経絡に沿ってあるツボを針で治療します」

「ああ、鍼療法について話しているんですね」

パトリックは限りなく気楽になった。やっと事情が呑み込めた。しかしほっと一息つけたのは長くなかった。レオ＝エリックは彼を新たな混乱の渦に巻き込んだ。

「違います。ツェランの詩について語っているのです。「迂回路の／切符、リンの…」[42]という詩をご存じですか」

「もちろん知っています。この詩には「アオルタ」という語が出てきます。子どものころ、アオルタという名の犬を飼っていました。そういう点でこの詩はわたしの思い出への迂回路となっています」

「迂回路ですって？　肝臓が機能しなくなったら、肝臓を治療する代わりに肝臓の経絡を治療するのです。それは迂回路ではありません」

パトリックは足の親指が、どういうわけか地面を正しく感じることができないのに気づく。

「わたしの両足は突然、奇妙にもここに存在しています。しかし足は地面を見つけることができません」

「私の祖父は、誰かと話している間は自分の足に注意しなさい、と言いました。足は分厚い一冊の本です。目と心臓だけが魂につながっていると考えている人が少なくありません。でもそれは間違っています。身体に張り巡らされた網はずっと複雑なのです」

「でもツェランはそのような経絡（メリディアン）のことを言っていたのではないでしょう。彼にとって子午線（メリディアン）はひとつしかありません」

「ロンドンを通っているあの子午線（メリディアン）のことですか。そうは思いません。たとえば、ツェランにとってとても重要な子午線（メリディアン）があります。それはパリとストックホルムを結んでいます」

パトリックは瞬時に、ツェランとネリー・ザックス往復書簡集である子午線が話題になっていたことを思い出した。

「ストックホルムとパリの間には苦痛と慰めの子午線が走っているのです」とパトリックはそ

らで引用し、次のように説明した。

「隠喩を含めると、もっと多くの子午線があります。でもわたしは隠喩を全く評価しません。それはわたしにとって非常にあいまいなものです。むしろ数字や文字で自分を方向付けるほうがいいのです」

レオ＝エリックがやさしく答える。

「私は隠喩ではなく、地理的なものだと思います。あなたはパリの古い歴史をもつ天文台に行ったことがありますか」

「いいえ」

「そこには、鮮やかな色の石からなる、いわゆるパリの子午線が地面に埋め込まれています」

「わたしはメリディアンとは体の中の経絡のことだと思っていました」

「地球と身体の違いとは何でしょう。地名と器官の名称は詩人にとってどちらも等しく重要な拠り所になります。われわれはその二つを結びつける線を見出さねばならないのです」

「あなたの言うことはすべて大変興味深い。なぜ自らパリの学会に行かないのですか。あなたこそ、ツェランと子午線（メリディアン）について、あるいはわたしのための経絡（メリディアン）についてぜひ話すべきです」

「残念ながら私にはできません。専門家ではないので。私の祖父は五〇年代から六〇年代にかけてパリで中国医学の開業医をしていました。ツェランがそこで生きていた時代です。祖父は大変教養のある人で、中国語のほかにフランス語、ヘブライ語、ドイツ語が読めました。没後に残された遺稿の中に、ツェランの詩についての覚書が見つかりました」

「それで？」

「おそらく他にごくわずかな人しか知らないことを、いくつかお話しできるでしょう。あなたがそこからどうするか、私の関知することではありません。あなたが職業で成功を収めるかどうかは、私にはどうでもいいことです。経歴（ラウフバーン）の代わりにあなたにいくつかの子午線を提供しましょう」

3　傷つきやすい指[44]

帰宅の途中で患者は、レオ＝エリックとどのような別れの挨拶をしたのかもう思い出すことができない。掌にぬくもりの痕跡が感じられないので、どうやら別れ際に握手はしなかったのだろう。彼の記憶の映画館には空隙がある。最初のシーンでは彼はカフェに座って新しい友人と親密に語り合っている。そして次のシーンではもう一人で家に向かっている。

歩きながら彼は、まるで携帯電話のディスプレイを見るかのように、自分の左手の掌をじっと見つめる。新しい知らせは届いていない。見えるのは皺（しわ）[45]とほくろといった古くなったかつての新情報だけ。この手は、お皿に載ったステーキのように、肉からできているが、それでも神の手の似姿だという。どうやら見かけの類似が重要なのではないようだ。脚や目、耳もまた神の似姿であるそうだ。そうわたしに教えてくれたのは誰だったか？　もちろん、神もその舌を知らないレオ＝エリックではないに決まっている。それはカバラに関する書物だった。パトリックがまだパリのツェラン学会のための準備をしようと思っていたころ、国立図書館で借りた本をショッピングバッグ二袋いっぱいにつめて持ち帰った。ショーレムの本の中に「光の門」というタイトルを見つけて、是が非でもこの門を実際にくぐってみたいと思った。たしか著者のファースト・ネームはヨーゼフといったが、名字はすぐには思い出せない。カバラに関しては、ある図が載っている興味深い本がもう一冊あった。伝統的な中国医学における十二の経絡とそっくり同じように、十二の字母が肝臓、胆嚢、腎臓などの器官に割り当てられていた。ところでカバラが鍼治療とどのような関係があるのか。パトリックは突然、また国立図書館へ行きたい衝動に駆られた。書物の殿堂はもう何週間もの間、柵で囲まれて近づけなかった。今また入館が可能になったそうだ。けれどもパトリックはそこに行って、放棄された巨大な建築現場を目の当たりにするのが不安になる。彼は次にレオ＝エリックに会ったとき、ツェランが当時中国の経絡に接する機会があったかどうか尋ねようと思う。もしなかったのなら、カバラと東洋医学の類似点はパトリックとレオ＝エリックの手が似ているのと同じように説明されうる。つまり遺伝子的には全く繋がりがないが、両方とも神の手の似姿であるがゆえに似ているのである。わたしは神という言葉を、弟がそれを悪用してからというもの、使うことを意識的に避けている。われわれが偶然ベルリンの通りで鉢合わせたとき、彼は「雷雨の神、戦争の神、死の神」について話したが、それはコンピューターゲームに関する用語だと思った。これらの語彙は別の所から、もしかすると憎しみの図書館に由来するのかもしれない。国立図書館は閉まっていたのに、なぜこの図書館だけは開いていたのだろう。弟は自分に鞭をふるう風に駆り立てられるかのように熱にうかされたように語った。彼は六角形の[47]目を撲滅しなければならないかのようなことを語った。彼の怒りは煮え立つほどでもなかったが、武器はすでに攻撃の準備が整えられていて、あとはそれを操作するだけだった。少なくとも彼は自分で爆弾を作ったと主張していた。わたしは別れも告げずに彼のもとを走り去り、けばけばしい色で落書きされた遊具のある公園に着いた。頭の中ではまだ弟の言った言葉が渦巻いていた。「煉獄の火よ、火を放て、焼き尽くし、滅ぼすのだ」。突然、わたしは彼が重要なことを伝えようとしていたことを理解した。彼はある暗殺を計画していたにもかかわらず、それを阻止しようとしたのだった。彼は仲間と一緒に別の宗教の人々の寺院に火をつけようと計画していたと言わなかっただろうか？　彼は「モスク」とか「シナゴーグ」といった言葉を使っただろうか？　どちらも言わなかった。それでも、それが殲滅計画に関することであったことだけははっきりしていた。わたしは突然重くなった自分の身体を、公園の隅っこに見つけた古びた公衆電話までひきずって歩き、警察に電話をした。コーヒーブレイク中の声でひとりの警察官が応答した。ある過激派のグループがどこかのモスクかシナゴーグに放火しようとしているんです、とわたしが言うと、警察官のバスの声が無感情で答えた。私もそう思います。この返答は言葉通りの意味だった。わたしは受話器を置いた。というのは、弟の名をばらしたくなかったからだ。

　ヨーゼフ・ベン・アブラハム・ギカティラ！[48]『光の門』を書いた中世の著者はそう言う名前だった。彼の見解によれば、人類は創造者の本質をとらえることはできず、それは天使にもできないという。なぜなら天使は一つの観点に束縛されているから。創造者だけが自分自身を把握できるのである。創造者のような想像を絶する偉大な存在が、手のようなむしろ猿に近い身体部分を持っているのは何と興味深いことか。どうやら手のようなものは、神的なるものへの対立ではないようだ。

患者は自分の手と距離をとった関係にある。彼は手（Hand）という言葉のすべての文字を知ってはいるが、この言葉と実際の手を結びつけるものはない。魂ならこの両者を結びつけられるだろうが、魂は電報と同じくあまりにも時代遅れである。今日、全てを互いに結びつけているように見えるのは、魂ではなく、デジタル網である。患者は電報（テレグラム）という言葉に強い愛着を感じている。そしてギカティラから学んだ「テトラグラマトン[49]（Tetragrammaton）」という言葉に対しても。これは神の固有名である。彼の職業は神であり、彼の固有名はテトラグラマトンである。彼が一人称にどんな人称代名詞を用いるのか、患者は知らない。彼はただ、自分が神を「きみ（ドゥー）」と呼んでもよいことを知っている。

神には伝記などないので皺ひとつない手をしているに違いない。肉体の中の線、とりわけひとつの明確な線は命の長さを示す。生命線が長ければ長いほど、死は遠ざかる。患者の気に障るのは、生命線が真ん中でポキンと折れて、川という漢字のように三本の平行な皺となって手首の中に消えてしまっていることである。患者はツェランが自ら進んでセーヌ川に飛び込んだとは信じていない。[50]あの晩ツェランが川面を見つめていたとき、誰かが彼を水の中に突き落としたのだ。この行きずりの人が偶然の犯人だった。患者はこの犯人を見つけるためにあえて深い水の中に飛び込みたいとさえ思う。というのはひとつの偶然さえ責任を負わねばならないからだ。患者の両足はグラグラし、乱視の目には眼鏡もかけていない。患者が水中に落ちるかもしれない理由はほかにもいくつかある。どんな聖職者も、彼が夜ひとり岸辺で過ごすのを引き止めることはできない。夕食に招待してくれる友人関係など彼にはない。重い夜の蒼穹を支える不動の柱をもった学問だけが、もしかすると彼を救えるのかもしれない。しかし残念ながら直接川に面したところに研究所はない。そこにはホームレスたちが寝袋の中で眠り、のぞき穴から夜を眺めている。研究所はたいてい水辺から離れた丘の上にある。

患者はいま柱を探してはいない。ひどく転ばないように身体を支えるには、片手でまったく十分だろう。奇跡は起こるもの。一本の手が彼に向かって伸びてきて、バスの声が提案をする。われわれは語り合わねばなりません！　四つの目の下で！　鼓舞するようなその響き！　過去の穴から立ち上る混乱させる声もなく、彼はいま対話ができる。患者は自分の左手の四本の指を見つめる。どの指の関節の間にも目の形をした皺がある。四つの目はすべて握りこぶしを固めると閉じ、指を伸ばすと瞼を開く。われわれはどうしても四つの目の下で話し合わねばなりません。そう患者に言ったのは、テトラグラマトンが自ら任命した代理人のセラピストである。テトラとは数字の四を表す。これは完結した完全な数字の一つだ。こうした考え方は患者をうろたえさせる。四という数字はその完璧性ゆえに五番目の参加者を除外してきた。本来、五つの[52]目の下で話し合わなければならないのだ。どの手にも五つの目がある。五本指の手だけが悪意ある眼差しからわれわれを守ってくれるのだ。親指を使わず四本の指だけだったら、類人猿は道具を作ることはできなかっただろう。患者は五番目の目に一緒に加わるよう提案する。セラピストはいらいらしてその理由を尋ねる。彼が二重のプレッシャー、すなわち普通の時間的プレッシャーと忍耐強くあり続けなければならないという職業的なプレッシャーを受けていることが見て取れる。あなたはなぜ、われわれが四つの目の下で話すことができないと考えるのですか。患者はこの質問に答えることができない。なぜなら、理由のない興奮のために恥の塔のように垂直に立っている自分の親指に注意を向けたくないからだ。患者は個人的な経験から、四つの目の下での会話がうまくいかないことを知っている。互いの目を見つめ合っている二人は二つの鏡だ。果てしのない混乱の連鎖。セラピストの目つきは角張ってきて、患者の知らない第三者が唇を震わせながら話している。五つの目を忘れて下さい！　それはわれわれを観察し、互いに情報を交換している英語圏の五つの国であり、恥知らずな軍事的監視を行っている「ファイブ・アイズ」[53]なのです！　患者は静かに耳を傾けてから、このセラピストは妄想に苦しめられている、その原因はスパイ小説を濫読したせいだと考える。

　話そうとする意欲は萎え、同時に健康保険から支払われる時間は過ぎてしまった。患者は「市民の健康」という名をもつ複合ビルを急ぎ足で後にする。頭の中では中断された会話が空転する印刷機のように回り続けている。カタカタ、トントンという音が、臆病すぎて夜の静寂(しじま)

の時間へ移行するのをためらっている黄昏の空に響いている。権力を失った神は即座に舞台を降りるべきであり、いたずらに黄昏を長引かせるべきではない。[54]まるで神は暗闇を恐れているかのようだ！　まるで昼の明るい時間だけに価値があって、夜は悪夢をともなう強制された休憩時間であるかのようだ！　昼も夜もなくてはならず、その間の移行はけっして安っぽい芸術ではない。

診察の時に言えばよかったことが、後になって次々と思い浮かんでくる。セラピーを受けた日の夜だけでなく、その後何日も何週間も、とっくに言っておくべきであった言葉の数々が彼にしつこく迫ってきた。患者はうつろな目で語り続ける。彼は隠しマイクと耳の中の小さなイヤホンで通話をする者のように歩きながら語る。どの道も彼には果てしのない迂回路になり、そのため帰宅は夜の散歩のように見える。

太陽は最後の力を振りしぼって重たい雲のカーテンをわきにずらす。患者の先を歩いている女性は長い影を落とし、そこから突然飛び出してきたコウモリは雨どいの後ろに姿を隠す。影を落とすものは人間的だ。患者は自分がまるで逃げることに失敗して、実験室の手術台の上に張りつけにされるコウモリのように感じる。翼の裏側は厳密に調査されねばならない。手術台の照明はギラギラした五つの目を持つ巨大なシャワーヘッドだ。コウモリは闇から引きずり出され、残酷な明るみへと強いられる。[55]鳴禽類は概してあまり血を出さない、と言われる。コウモリは翼をもった歌うネズミだ。コウモリの歌は慣れが必要であるどころか健康に害をもたらす。その声は高度の才能を持つ女性歌手でさえ出すのが困難な高いドの音を軽々と越えていく。それはもはや声ではなく、超音波であるといわれている。妊婦がコウモリの声を聴くと、胎児にもおそろしい影響を及ぼす。長い尖った耳をもち、大きな丸い目をした子どもがうまれるという。すべてはいい加減な作り話にすぎない。コウモリは突き刺すように高い狩りの声から日常のおしゃべりの声へと戯れながら滑空する。張りつめた上昇と下降でも、恋から失望への墜落でもなく、唯一無二の優雅な飛翔の旅路である。コウモリは歌うがごとく、飛ぶ。コウモリの芸術は神秘ではないが、それでも他の生物には到達できないものなのだ。その能力を解析しようとしてコウモリを捕まえて解剖するものは、コウモリを殺す。研究者の意見では、これは大した問題ではない、というのはこの生き物の翼の中で蠢いている微生物の組成は衛生的に問題ないとは言えないからである。[56] しかしそれは一般市民を驚かすかもしれない。

　セラピストの両手は念入りに洗浄されていて、ゴム手袋をはめなければ幸運を呼ぶおもちゃのテントウムシだってさわろうとはしない。患者が「お前の尿は黒い」とか「便は胆汁だ」[57]といったツェランの言い回しを口にすると、セラピストは奥の部屋に姿をくらまさずにはいられなかった。きっとそこで自分の手を念入りに消毒したのだろう。もし微生物のついていない幸運が存在しないのなら、彼は喜んで幸運そのものを諦めることだろう。これほど綺麗好きな人間がどうして自分に触れることができるだろう、わたしは汚れた存在なのに、と患者は思う。しかし彼は、そのセラピストが軽食堂（インビス）の屋台の前で一本のウィンナーソーセージを脂ぎった黒い指の爪の間につまんでいるのを見ると、すぐに自分の意見を撤回する。彼は指でてらてら光る唇でほくそ笑み、健康な男は肉料理をがっつり楽しまねばならないよ、しかもここウィーンではね、とでも言いたげに患者に目配せすらする。実際、場所はポツダム広場ではなく、確かに英雄広場[58]である。患者は自分が夢の中にいることに気づいている。もう長いことオーストリアには行っていない。最後に行ったのは、リヒャルト・シュトラウスの『影のない女』を観に行ったザルツブルクだ。この公演ではお気に入りの女性歌手は登場しなかったが、彼の体中の全細胞が音楽に合わせて歌っていた。三時間以上も彼は金縛りにあったように座っていたが、決して心地よいものではなく、苦渋に満ちた魅惑の時間だった。どうして歌を支えるようにではなく、いつも歌に逆らうさざ波で挑発するようにオーケストラのパートを作曲しなければならないのだろう。どうして歌詞は、意味をつかもうとする手からこぼれ落ちるのだろう。この宿命の音楽によって誰も癒されないし、いわんや慰められはしない。「まだ歌える歌がある／人間たちの彼方に[59]」。

あるとき患者はオーストリアという存在を重荷に感じるようになった。あまりにも多くの音楽家、作曲家、コンサートがあるので、そこに行かないのなら全てを逃してしまう。けれどもオーストリアで暮らすことは問題外である。多くの市電の終着駅が中央墓地であるウィーンに住むことは危険だ。そのことを彼はイルゼ・アイヒンガー[60]から知った。幸い患者はもうハプスブルクの領土についてあれこれ考える必要はない。あるとき国境は閉ざされ、旧秩序が戻ってきた。プロイセン人はプロイセンにとどまり、ロマノフ家の人はロシアにとどまる。もちろんゲーテやモーツァルトのような人は国境を越えて旅をしたが、この患者のような人が家にとどまっているからといって無能な人間だと考える必要はない。ハプスブルク家の人も楽ではなく、もはや政略結婚によって領土を拡張することはできない。キスは一般に禁じられているのだから。患者はもう長いこと誰にもキスしていない。今は現実ではないと気づいている夢の中でも、エロティックな方向に行動の舵を切ることはできない。不潔なセラピストは夢の中で語り続け、誰にも彼を黙らせることができない。臓物料理を消化できない人なら、肺結核にかかるだろう。やせた人なら死に至る可能性だってありうる。特に結核の影を引きずっている人なら、なおさらだ。もうセラピストの姿はなく、「咽頭閉鎖音」[61]という語を詩集から患者のカルテに転記する、見知らぬまじない師がいる。声を失った「黒丸（コクマル）ガラス」はまもなく死ぬに違いない。チェコ語で黒丸ガラスを意味するカフカはウィーンを忌み嫌っていた。彼は決して自分の文章を四分の三拍子のワルツの調子で躍り回らせようとはしなかった。ツェランもまたヨハン・シュトラウスの都市（まち）に長くは留まらなかった。[62]患者は人生で一度だけ、後にも先にもこの一回こっきり、陶酔するような大晦日の夜を体験したことがあった。祝賀会で大海のようなワルツが演奏された。彼の身体は大きな弧を描き、我慢のできる限界を超えて外に投げ出された。コンクリートの地面に叩きつけられて、何か所か骨折した。ワルツなんてもう二度とごめんだ。でもそんなことが可能だろうか？

Wien（ウィーン）のWはWalzer（ワルツ）ではなく、Wittgenstein（ヴィトゲンシュタイン）[63]のWに由来する。粗野な料理のにおいと楽しげに揺れる腰の脂肪なしで書くこと。ツェランはウィーンを憎んだ。カフカもウィーンを憎んだ。だから患者もこの都市が嫌いなのだろう。いや実はひそかに愛していたのだ。ただしょっちゅうこの都市の夢ばかりを見たくはない。

歩きながら彼は頭の中で絶え間なく、けっして存在しない敵の声に反論する論拠を練っている。それはセラピストではない。彼はとっくにそのことには気づいていた。ただ認めたくないのだ。自分の影との闘い。思考の中の自己免疫疾患[64]。前回治療を受けてからだいぶ時間がたつ。セラピストは自殺したのだったが、その理由を聞くことは不可能だった。患者が健康保険組合に電話すると、保険は健康に対して権限をもつのであって、死に対しては管轄外だという返答が返ってきた。患者は戦略を変更し、新しい治療に対する経済的支援について尋ねた。担当の女性は、申請する必要があります、とそっけなく答え、呻きながらこう付け加えた。「心理学はこれで終わり！」[65]。患者は初めて満足して笑った。ツェランのある詩を通してこの文句を知っていたからである。

健康保険組合（クランケンカッセ）は、そもそも金庫（カッセ）が考えることができるとすれば、結核のような病気はもう時代遅れであり、せいぜいオペラの公演で観客に役立つと考えている。今日、治療可能な病気で死ぬ人は自分自身に責任があるという。患者はたしかに自殺する危険性があり、そのことは公的書類にはっきりと書かれてあるが、自殺をする危険性のない人などいるだろうか、と皮肉な声がささやく。オテロの病的な嫉妬心と劣等コンプレックスの治療が容易ではなかったことは、誰もが知るところである。プラシド・ドミンゴ[66]が色黒の肌のベネツィアの王者を演じたとき、わたしのお気に入りの女性歌手が彼のそばでデスデモーナの役を歌った。彼のわきでデスデモーナを歌った歌手がほかにもいることは知っている。一夫多妻制は役者稼業の原則の一つである。わたしがドミンゴに嫉妬していたかって？　とんでもない。わたしは観客席の最前列に座って大好きなソプラノ歌手の声を堪能した。最後にオテロはこと切れ、わたしはかつてないほど気分が高揚するのを感じた。憔悴した精神には薬を飲むより一枚のＤＶＤを見るほうがずっと効果があった。ただ一つ疑問が残った。オテロの苦悩を理解するためには、彼の肌は黒く塗らなければならないのか。メーキャップは歌手の生気ある肌のうわべを飾ったのではなく、彼の特徴ある顔にふさわしいものであった。その限りではメーキャップ師はよい仕事をしたことになるが、わたしには引っかかるものが残った。わたしは肌の色によって役を特徴づけることはしたくなかった。とりわけそう強制されたくはない。オテロの怒りと傷つきやすさが差別の一因となっていたことは明らかだ。しかしここでは、より良い社会になれば消えてしまうであろう感情が問題になっているのではない。病的な嫉妬というものはこの先もなくならないだろうし、わたしだってオテロになる可能性はある。もしすべての人物をはっきりした色で塗り固めてしまったら、観客の見る能力と考える能力を退化させてしまうだろう。たとえばわたしには、ツェランの苦悩を語ることができるように自分にどんな色を塗ればよいのかわからないだろう。講演の前にさわやかな水で顔を洗いたいとは思うが、けっしておしろいを塗りたいとは思わない。紙人形を除いて真っ白な人はいない。誰しもが、様々な色が混じり合い、多義的で、幸福のように変転する自分のありのままの肌の色をしていてよいのだ。

オテロ（オセロ、Othello）という名前はOで始まりOで終わる。二つの文字は同じで、丸く空っぽである。ゲームの盤上では白と黒の思想が支配している。一方が勝ち、他方が負ける。白と黒の石で勝負を競い、灰色や赤い石はない。白の方になれば、黒にはなれない。この論理は本当に正しいか。本来オテロは治療を受けねばならなかったのだ。さもないと、嫉妬を生産する器官が次々と機能の亢進を引き起こして、いくつもの命を犠牲にしてしまうだろう。社会における白と黒の思想を彼が変えることはできない。せいぜい彼が学ぶことができるのは、深く息を吐いて憤怒のガスを抜くことくらいである。妻のデスデモーナには何ができるというのだろう？　夫の嫉妬にきく治療薬（ハイルミッテル）は探しても見つからない。彼女は自分の命を犠牲にするが、死後、聖人（ハイリゲ）の仲間に入ることはない。

愛する女性歌手の口から、「ハイル」[67]という言葉を一度も聞いたことがなかったことにわたしは気づく。治療（ハイルング）も治療薬（ハイルミッテル）も聖域（ハイリッヒトゥム）という言葉も出なかった。わたしの知る限り、彼女はヴァーグナーを歌ったことが皆無に等しい。もしかするといつだったか『マイスタージンガー』[68]のエファ役だったことがあるかもしれないが、その一度限り。次に通りで彼女に出会ったら、その理由を聞いてみたい。なぜヴァーグナーを歌わないのですか？　もしかすると彼女はいろいろな方向に声を無理やり出すことによって、声を酷使したくなかったのかもしれない。すでに若い時から彼女は、ヴェルディとヴァーグナーを急速に切り替えて歌ったことでマリア・カラス[69]に起こった声の衰えをあれこれと心配していた。この推測が当たっているのかどうかわからない。声の衰えとはいったい何かについて自分なりの見解すらない。ツェランは様々な地域の鳴禽類を翻訳することによって、情け容赦なく声の練習を実行した。ある時はマンデリシターム[70]を、またあるときはディキンスン[71]を、楽しみながらまた自信をもって歌った。もちろんアポリネール[72]も、ミショー[73]もレパートリーに入っていた。フレーブニコフ[74]もマヤコフスキー[75]もツェランの声を酷使することはなかった。その逆である。ツェランは翻訳するとき、自分自身の声をふりしぼって歌った。むしろ彼自身の声が異質なものになったのである。ひょっとすると彼は荷物も持たずにある狭い無我の芸術領域へいっそう奥深くに入って行ったために、息の方向を変え、自分の声を後にすることができたのかもしれない。この領域においては狭さが長所であり、空気のかすかな振動ですらアリアの代わりになることができた。

　木製人形の声の生み出される箇所はがらんどうである。自分の身体を現代医学に売り渡してしまったヴォイツェック[76]の身体もまたがらんどうである。少なくとも彼はそうすることで、実験室のコウモリとは違ってお金を手に入れた。生涯にわたる病気の診断書を書かれた人にとって、内臓と脳は残された最後の財産だ。

　わたしはメトロポリタン・オペラのホールに入る。今ＤＶＤで見ているのだが、『薔薇の騎士』を見るためにしばしば訪れるバーデン＝バーデンの祝祭劇場とは違った匂いがする。内壁も観客の洋服も違った匂いがする。このディスクを製造した会社は、どのようにして匂いまでデジタル化したのか、まだ秘密を教えてくれていない。わたしのような懐が寂しい人間はバーデン＝バーデンへ列車で行くことさえできないし、いわんやニューヨークまでの航空運賃などを払うのはもってのほかなので、劇場への入場を可能にしてくれるこのディスクは本当にありがたい。おかしな話だが、以前はザルツブルクの音楽祭に出かけるくらいのお金はあったのだ。それからお金をほとんど使わず、ずっと家に閉じこもっていた時期が来た。普通の人なら、この時にお金を貯めていたと思うだろう。けれどもわたしの貯金は減る一方だった。お金が必要なら、働けばいいじゃないか！　それがわたしにはできないのだ。それ以来、素寒貧のままだ。

　遠方への新しい旅がわたしの新しい友だ。航空会社はレオ＝エリック・フーという。ルフトハンザのコウノトリよりもインドネシア航空の神鳥ガルーダよりも早く飛べるのだ。レオ＝エリック・フーは、パリで開業医をしてツェランを愛読していた医師のお孫さんである。彼の配役は友人。声域はテノール。人称代名詞は「きみ(ドゥー)」。パトリックはあっと驚く。レオ＝エリックともうきみ(ドゥー)で呼び合う間柄になっていたかどうか思い出せないのだ。ま、どっちでもいい。明日か明後日そういう間柄になる友人だ。そのとき患者は自分がもう患者ではないと感じるだろう。彼の名はパトリック。声域はバリトン。彼は生まれ変わったかのようだ。この驚くべき、チベットの向こうから来た人がパトリックと何をしたのか。それは質問をして、贈り物をし、勇気づけることに他ならない。彼は対話を続けるために、直ちに踵を返してカフェに戻りたいくらいだ。ツェランについて話し合いたいことがまだたくさんある。パトリックはなぜ会話を早めに打ち切ったのかもう思い出せない。予約が入っていたからか。そもそも予約などあるのか。実際の話、ときどき予約があるのです、と言わねばならないことがある。予約は庭の垣根だ。それがなかったら、誰でもわたしの庭に侵入してきて、新しく壊れやすい思考の緑の芽を踏み荒らしてしまうだろう。予約とは、誰もがすぐに受け入れてくれる唯一の垣根だ。わたしの女友達でさえ、もうすぐ人と会う約束があるというと、服を脱いでいる手をすぐに止めた。それはいつだったか。だいぶ昔の火曜日だ。予約にはいつも予約する側とされる側という二つの岸が必要だ。もう一方の岸は別の女性であってはならないが、わたしには男性の友人がいなかった。まだいないのだ。「客の予約」というのは、わたしにもなじみのある唯一の言葉だった。一人の客にならねばならないが、それは難しいことではないと思った。何かを購入する人は誰でも自動的に一人の客になる。皇帝でも乞食でもない限り、誰でも簡単に客になれる。今日は何を買おうか？　ミルクを一リットル。ミルクの入れないコーヒーは焦げた味がするからだが、それを何度繰り返しても飽きることはない。ミルクを買う人は予約なんかしない。道路や交差点で混乱してしまうので、わたしは自動車を買うことができない。休暇旅行の予約もしたくない。そんな旅行をするにはわたしの靴底が薄すぎる。保険（フェアジィッヒェルング）の契約を結ぶほど、まだわたしはしっかり（ズィッヒャー）していないと感じている。わたしの唯一のチャンスは、医者の予約を取ることだ。かかりつけの医者に電話をして、定期健康診断について尋ねる。自分の苦痛については語りたくなかった。幸いにして誰もが潜在的な病人であるから、定期健康診断を受けるためには何の症状がなくてもよいのだ。

医者の予約がある！　この文句は女友達に対して最上階からの命令のような効果があった。彼女は足首に巻きついていたジーンズを突然高く引き上げた。藍色の後ろに、まずふくらはぎが見えなくなり、次いで白い骨が透けて見えると思われるほど薄い皮膚の薔薇色の膝の皿が、最後にカラスのように黒い[77]パンティーが見えなくなった。服を脱ぐとき、女性はばらばらに崩壊し、服を着るとき、ふたたび統一がうまれる。決壊しようとしている女友達を、わたしはふたたび衣類の中に詰め込むことに成功した。彼女はすぐにわたしに医者の予約があることを信じた。あれこれと質問したり細部を確認したりせず、ハンドバッグをつかむと出て行った。

過去自体が三人称である。とりわけ、現在において一人称を演じようとするときは。現在さえ絶え間ない延期であり、輪郭のはっきりしないグラグラする写真である。さまざまな時間が頭の中で衝突し、ズキズキする痛みをもたらす。医者はこめかみを「テンポラ（Tempora）」[78]と呼ぶ。衝突する時間たち、衝突するこめかみたち。[79]患者が女友達を医者の予約をいい口実に家から追い出してからまださほど時間がたっていない。一週間前？　それとも一か月前だったか？　それとももう一年前になるのか？　彼は時間感覚を失ったが、さして気にならない。どのみち感覚で時間を計ることはできず、すべての時間感覚は空想の産物にすぎない。それに対し時間からの解放ははっきりと[80]感覚として存在する。すべてのコンサートホールが閉まったときに時間からの解放は始まった。それまで患者は劇場のロビーから公演予定が書いてある無料のリーフレットを取ってきて、机の上につい立てのように立てることができた。ときどきはお買い得のチケットを購入することさえあった。あるときはプログラムには空約束だけが載っていた。イタリア国境は封鎖されていたので、予告されていたヴェルディは来なかった。リヒャルト・シュトラウスもチャイコフスキーもベルリンに来ることができなかった。すべてが肉体のない名前にすぎなかった。ラジオは、オペラハウスとコンサートホールはすべて再開されていると告げているが、時間からの解放がもう終わることはない。

　患者にはもう医者の予約は必要ないだろう。彼には今、会う約束ができる一人の友人がいる。レオ＝エリックが真の友人になるかならないかは、まだはっきりしない。友情という言葉には重味がある。もし友情がうまくいかなかったら、「水泡に帰する」とか「裏切る」とかいう別の重量級の言葉を用いる。ロシアでは、レンスキーは毎日、友人のオネーギンを訪ね、愛人とよりも長い時間をいっしょに過ごしているが、ロシアではこれが慣例なのだ。火と友情は弄ぶ（もてあそぶ）ものではない。友情のために命を失いかねない。患者が目を閉じると、テノールのパートを心をこめて歌っているレオ＝エリックの声が聞こえる。[81]退屈を贅沢として楽しみ、冷淡さから性的な魅力を魔法のように引き出すエフゲニー・オネーギンを患者なら喜んで演じるだろう。かのバリトン歌手はドン・ジョヴァンニのように魂の中に邪悪なものを抱いており、「私も

（MeToo）」裁判に敗れてあるスペインの監獄に入ってからは、もはや舞台の上にその姿は見ることはできない。女性を悩ませ、凌辱し、殺害する男たちが舞台の上で歌い、観衆の喝采を受けることがどうして許されよう？　なぜよりにもよってそんな男たちが、わたしの大好きな女性歌手と一緒に歌うことが許されよう？　ドン・ジョヴァンニほどひどくないにせよ、自分の感情を少しも理解できず、ピストルで子どもっぽく周囲に発砲する、ろくでもない精神異常者のこのオネーギンが。患者は、ソプラノ歌手のそばにいるために、バリトンのパートを引き受けたいと思う。彼は凶器も、お金も、性的魅力ももたないオネーギンでありたい。そのために彼はレンスキーを殺さない方法を探そうとする。

前奏曲が深い塹壕から立ち上り、観客に麻酔をかける。チャイコフスキーという薬の過剰服用。チャイコフスキーに罪はない。ヒトラーがまだズボンに粗相をし、スターリンが口ひげの生えるのを待ち望んでいたとき、チャイコフスキーがもう死んでいたのは幸いである。戦後のドイツで苦いアーモンドからあえて甘い味覚を引き出そうとするひとはいない。メルヘンを語る人は、白鳥についてであろうとくるみ割り人形についてであろうと、真面目に受け取られない。反復を通して陶酔状態へ到ることは政治的な危険だとみなされた。文学もまた呪文の響きを捨て去るべきだろう。ツェランは西ドイツの人がもはや聞こうとはしない東欧的な音色がある自分の声を浄化した。でもそれは本当に東欧的な色であったのか、それとも人類の文明の構成要素のひとつであったのか。そもそもスラブ的な色を洗い落としたあとに残る、純粋なユダヤ的な色など存在するのか。そもそも誰がツェランを洗い清め、それによって自分の良心も洗おうとしただろうか。[82]

患者はタチアーナが待っている家へと急ぐ。タチアーナがオネーギンに夢中になっても、オネーギンは地味な村娘のために自由な生活を犠牲にしたくはない。彼の拒絶はナイフのようにタチアーナの若い心臓に突き刺さり、人生で初めて彼女は深く傷つく。彼が成熟するのを待たずに、タチアーナは地位と財産のある中年の男と結婚してしまう。何年か後、オネーギンが偶然タチアーナに再会すると、彼女は上流社会のなかで磨き抜かれたダイアモンドになっている。オネーギンは彼女に夢中になるが、肘鉄を食わされる。患者だったら第一幕でもうタチアーナの秘められた魅力に気づき、第三幕の彼の愛の告白まで待てなかっただろう。どうして男というものは、オネーギンだけでなくアルフレードもオテロも、主役を手に入れるためにこんなに愚かでなければいけないのか。どうして女性たちはみな賢くかつ不幸なのか。

タチアーナはオネーギンに長い手紙を書く。一晩中この場面が続く。女性歌手は、自分が本当は話すことのできないロシア語で歌う。彼女は長い歌詞を暗記し、ロシア語をマスターしなくても、この言語への深い結びつきを育(はぐく)んだ。患者は長いモノローグの間は自由に息をすることもできない。自分だけでなく歌い手にとってもなじみのない外国語での歌は、あらゆる神経植物の根から彼の心根までつかんでしまう。

何度患者はタチアーナのもとで夜を過ごしたか。患者は胸を締めつけられるような感情のためにほとんど息をすることもできないし、手紙の最後では目から涙があふれだした。彼はデジタル盤の中で生きている観客と一緒にさかんな拍手を送る。彼はモスクワの公演で、上方の脇のバルコニー席に座っている自分の姿を想像する。芸術を国民の財産だと考えている会長が大きな拍手を送っている。患者はもっと大きな拍手を送る。権力の確保を気遣う、バルコニー席のほかの男性たちの拍手には熱がこもっていない。患者は自分の目立って大きな拍手を誰からも政治的に解釈されたくはない。彼はただアメリカのソプラノ歌手に敬意を表したいだけなのだ。彼女のおかげで、今後ロシア人だけが本当にプーシキンを理解し、チャイコフスキーを歌うことができると主張する人は少なくなるだろう。加えて今日の公演を聞いた観客の中から将来、アメリカ人は一つの言語しか話さないと思う人は誰一人いなくなるだろう。患者は、この女性歌手はペンシルヴァニア生まれであるにもかかわらず、少なくとも四つの言語に通じていることを知っている。[83] 彼女の先祖たちの出身地であるプラハでは、何か国語も話せることは例外ではない。しかし彼女の生まれた町では、イタリア語で買い物をしたり、要求の多いインタヴューにドイツ語で魅力的に答えたり、家庭でフランス語を話す人はさほど多くはない。

　ウクライナ出身のパトリックの両親が、東の祖国を振り返ることはほとんどない。パトリックはウクライナ音楽を全然知らないし、ウクライナ語は一語も知らない。パトリックが両親にウクライナのことを尋ねると、はぐらかすような答えが返ってきた。この国とお前がどんな関わりがあるのかい。お前はフランクフルトの生まれだろう。彼の両親はパトリックの学校で移民について頻繁に議論されるのをいぶかしく思っていた。両親の態度は息子にも影響を及ぼした。彼はこのテーマと距離を取り、誰かが自分をオーダー河畔のフランクフルト出身かと再び質問してくると怒りを覚えた。彼は東側の人間とはみなされたくなかった。東であるということは多くの意味が生じうる。東ベルリンもかなり東に位置する。それに対してパトリックはメタリックなドイツの中心部の出身だ。そこにはこの国の最も重要な空港があり、立ち並ぶ摩天楼のために空が狭くなっている。お気に入りのアメリカの女性歌手がそこで学び、おかげで彼女は才気あふれるしなやかなドイツ語を話せるようになったので、マイン河畔のフランクフルトを彼は誇りに思っている。

　彼は自分がドイツ人だと繰り返せば繰り返すほど、ますます確信が持てなくなる。彼の両親がどこの出身であるか、誰も尋ねてはこない。しかし警察は、両親の故国をブラックリストに記載し始めた。誰かがドイツ人であることは、警察にとっては下着の清潔さを証明するだけではもはや十分ではないのだ。肌の色も保証にならない。安全システムは両親の出自を重要な情報として蓄積している。患者は両親の出自をこれ以上隠し通すことはできないだろう。突然彼は、ツェランの故郷であるチェルノヴィッツ[84]がウクライナに属することを思い出した。彼とツェランはなんと同郷の人間なのだ！　ついに嬉しい新情報だ！　喜びのあまり、彼は舞台がないのにもかかわらず拍手を送った。これはなんとしてでもレオ＝エリックに伝えなければ。

　パトリックはジャケットのポケットから、レオ＝エリックにもらった名刺を取り出した。彼の眼差しは通りの名前を飛び越えて、十九という番地に吸い寄せられた。ついてるぞ、これは素数だ。五桁の郵便番号は数字というより無数といえる。住民はそれに対して何もできない。レオ＝エリック・フーという名前の下に電話番号とともに研究所の名称があり、一番下にパトリックには読めない漢字が印刷されている。人は常に読むことのできないものから始めなければならない。そのことをパトリックはかつてノートに書き留めたことがあるが、その表紙には「糸の太陽たち」と書かれてあった。そのノートがどこにあるか、もう思い出せない。今残っているのは、名刺のように机の上に散らばっている何枚かのばらばらの索引カードだけだ。それらを綴じて一冊の書物にすることはできない。カードでタワーを組み立てて強風が来るのを待つか？　しるしをつけたカードで学会でいかさまをして点を稼ぐか？　これらはすべて「ペテンにかけられた」[85]アイデアだ。

　パトリックがそれでもパリに行こうとするのは、学会のためではなく、パリの子午線を見るためである。いくつもの子午線があることを自分の両足で確かめたいのだ。薄い靴底で彼は、色のついた石が地面に敷き詰められたパリの子午線の帯を感じ取ることができるだろう。パリのどこに彼は泊まることができるだろうか。どのホテルもすでに満室か、値段が高すぎるか、ずっと閉館中かだ。彼は川の床（ベット）か空（ヒンメル）のベッド[86]のいずれかで寝るだろう。太陽はいつどこで見られるかによって、そのつど異なる姿を見せるという考えは彼から重力という荷を取り払ってくれる。ひとつの太陽は同時にここでもあそこでも見ることができる。というのは、十二もの太陽が存在し、それぞれが独自の宇宙的な軌道を描くからだ。このチベットの向こうから来た男はそもそも何が言いたかったのか。子午線が孤立した身体の部位を再び結びつけてくれることを言おうとしたのか。目、髭、歯、脳、心臓、手。どのような順序でこれらのツェランの語彙を読むべきなのだろうか。身体の部位には番号がついていない。歯は痛みによって自分の存在を知らせ、手は寒さを感じる。電話のベルが鳴ると、心臓の鼓動は速まり、それから額に汗が出る。患者は夜ときどき背中にぐっしょり汗をかいて目を覚ます。もしどのシーツもペスト[87]を思い出させるのなら、歴史を処理済みの病気のリストとして放置しておくことはできない。

患者は買い物袋に放り込まれた野菜たちのように、自分の内臓たちを無秩序に無造作に神経の網袋に入れて運んでいるような感覚がしている。結果としてインゲン豆は熟しすぎたトマトの薄い皮を刺し、一方、卵たちはパックから飛び出してきて二つの缶詰の間でリズムに合わせて割れていく。人は自分の痛みを恥ずかしく思うものだ。それでも患者が世界を分類するのに役に立つ一本の樹木を見つけるよりも、医者に診断書を書いてもらうほうが楽だ。行儀のよい枝たちは四つの方向に成長して、どの枝も他の枝を痛めつけることはない。人間が体内にもつべきなのは、大動脈（アオルタ）ではなく一本の樹木なのだ。身体の部位はいつも無秩序な状態にあるので、神経を苦しめる。目、髭、額、歯、脳、心臓。彼らは医者に診断書を書いてもらうために生まれてきたのか。いや、絶対に違う。わたしは身体をひとりにさせてやりたい。わたしがいない方がきっと健康でいるだろう。さようなら、わたしの身体よ！　もう自分の部分的な肉体の痛みを読もうとするのはやめようと思う。その代わりツェランを読もう。それが、一つの太陽が昇り沈む間に自分がすることのできる、もっとも意味のある行為なのだ。十二の太陽が存在し、そのすべてが真に受けられねばならない。わたしは顧客でも患者でもなく、一人の読者でありたい。それが常に望んでいたことではないか。もちろん、それがわたしの常に望んできたことだが、あまりに多くのことがその間に入り込んできたので、[88]できなかったのだ。いつもわたしは他人のために何かをしなければならなかった。読書をする代わりに、ひとりぼっちで病院にいる祖母を見舞うために満員のローカル線に乗った。到着すると、そんな人は一度もお見えになったことはありませんと告げられた。旅は無駄足に終わった。それから女友達から子どもを幼稚園に迎えに行ってくれと言われた。幼稚園に着くのは遅すぎた。その子はもう別の人に迎えられて帰ったあとだった。幼稚園の前で見知らぬ男が声をかけてきた。イエスの死について話がしたいという。わたしは困惑した。目に見えない価値が重要であるのに、なぜイエスは自分の傷ついた肉体を見世物にして、繰り返し描かせたのか。わたしは自分が透明人間になって読書すること以外、何も望まない。ツェランを読む。しかしいつも邪魔が入った。わたしはある文学クラブからある催しでネリー・ザックスについて話してみませんかと、招待状を受け取った。ザックスについてはまだ研究していないことをはっきりさせるためにわたしは出かけて行った。しかし文学クラブの人たちは、ネリー・ザックスについて何も計画しておらず将来もその予定はないといった。つまりわたしに対してではなく、文学そのものに対する挑発だったのだ。なぜ彼らはネリー・ザックスの夕べを開催しようとしなかったのか。わたしは文学クラブの人たちに抗議し、もう少しでどなりつけるところだった。ネリー・ザックスはもっと注目されるべき詩人です。ツェランとほぼ同じ長い期間戦後を生き延びました。ネリー・ザックスはツェランが死んで二十二日後に亡くなった。それはセーヌ川で発見されたツェランの遺体が埋葬された日[89]だった。二十九歳年長だったザックスはツェランの守護天使であろうとしたが、彼の命を救うことはできなかった。でもいったい誰が天使になれるというのだろう。文学クラブの人たちは警察を呼び、間もなくやってきた二人の警察官に、わたしがクラブのショーウィンドーを拳骨で壊したと説明した。わたしの手は血まみれでガラスの破片が地面の上でキラキラ光っていた。わたしは精神異常者と思われたくなかった。そこでケースの中にあった本を盗もうとしたのだと嘘を言った。気違いと思われるより、泥棒と思われた方がましだ。しばらくしてようやくケースの中にゴットフリート・ベン[90]の名前を見つけた。展示されていたのは彼の詩集ばかりだった。わたしはあわてて、間違えました、この詩人の本を盗むつもりはありませんでした、と言った。警官たちはわたしを逮捕せずに出て行った。こうした無駄な行動のために多くの時間を浪費してしまった。今ようやく本が読める。心おきなく。ツェランの詩は「でも、今![91]」と言っている。「でも」と「今」という二つの単語の相性はあまりよくない。すぐに分離してしまう。どちらをとっておこうか。「でも」それとも「今」?

4　生命の樹をともなう小脳の虫[92]

　ようやくパトリックは、再びツェランについて話すことのできる人と向かい合って座っている。会話が始まらねばならない。でもどうやって？　「調子はいかがですか？」そのあたりが話のとっかかりとして適当かもしれない。しかし彼の意思に反し、挨拶というより魔法の呪文のように響く一連の言葉が飛び出す。

「目、髭、歯、脳、心臓、首、手。どうすればこれらを繋ぎ合わせることができますか」

　なぜパトリックはレオ＝エリックに調子はいかがですか、と尋ねなかったのだろう。舞台の幕が上がる前には、定められた前奏曲を演奏するのが通例である。レオ＝エリックは一風変わった幕開けにも動じないように見え、バリトンの最大音量を冷静に受け止め、落ち着き払って未知の作品の第一幕に現れる。彼のパートはテノールだ。

「心臓の経絡。心臓、喉、目、手は心臓の経絡のルートの上にあります。この前私はあなたに肝臓の経絡について少しお話ししましたよね。全部で十二の主要な経絡があり、心臓の経絡はその一つです。重要な支脈は心臓から食道を経て眼球の組織に至ります」

テノールの声に滲み出る誠実さ、かすかなフランス語訛り、それにチベットの向こうから来たような顔立ちが混ざり合って魔法の霊酒となり、パトリックを軽い陶酔へと導いた。ふらつく声で彼は尋ねる。

「その支脈は心臓から喉を経由して目まで上っていくのですか。そして最後は脳に至るのですか」

パトリックは白いプラスチック製のしなやかな椅子の背にもたれ、半ば目を閉じたまま、まるで気の急いた言葉たちからスピードを奪うかのように、一つ一つの語を必要以上にはっきり発音する。

「この支脈が脳に達するとは思いません。ちなみに、祖父は脳とは言いませんでした。彼はその器官を髄の海[93]と呼んでいました」

「髄の海？」

「脳は髄で満たされているのです」

「その髄はどこから来るのですか」

「はっきりわかりませんが、脊柱の大きな骨には骨髄が含まれています」

「脳は脊柱から栄養を摂取しているのですか」

「祖父はときどき、髄の海はとりわけ心臓の血から栄養を摂取しなければならないと言っていました。心臓の経絡は心臓を眼球の組織と結びつけています」

それを聞いたパトリックは安らぎを知らない喉の渇きを感じた。彼の網膜はカラカラに乾燥し、何度まばたきをしても潤いは戻ってこない。

「『組織』という言葉を聞くと、直ちに目の渇きに気づきます。すぐに何かを飲まなければ。ウェイトレスはどこですか」

「あなたの眼球は心臓のように鼓動するのですか」

「はい。三つの柘榴（ざくろ）[94]の実が同時に鼓動します。つまり心臓と両目です」

レオ＝エリックはこの表現に特に驚いた様子もない。むしろその逆である。パトリックはそれに励まされて先を続ける。

「わたしの眼球は爆弾のようにカチカチと音を立てます。でもどうか心配しないでください。どこも悪くないのです」

「あなたの手も鼓動するのですか」

「いいえ、もうしません。手術をして以来、手は死んでいます。手術台の上のわたしは翼の傷ついたコウモリでした。奇妙だなあ、どうしてコウモリなんだろうと思いました。わたしはヨハン・シュトラウスのファンではないし、オペレッタの『こうもり』よりリヒャルト・シュトラウスの『アラベラ』[95]を観たいと思っていましたから。今日ではオペラハウスは予告なしにプログラムを変更することがあります。おかげで自分のリストになかった音楽を楽しむ幸運にあやかりました。その日わたしは遅刻しました。電話で予約しておいたチケットをもっと前に受け取っておくべきでした。バスの運転手は、新しい移民法によればあなたはこれに乗ることはできないと言いました。おかしな話です。わたしが移住したのは生後ではなく、生前だったからです。つまり移住者はわたしの両親なのです。政治的な議論をする時間はありませんでした。わたしはポンコツの自転車に乗って並木道を急いで下りました。ある天才的なアイデアを思いついた瞬間、右側から自動車が飛び出してきて行く手を遮りました。キーッとブレーキがきしむ音がして、時間が静止しました。ただわたしの肉体だけが暗い未来に放り込まれました。わたしは車の上を飛び越え、反対側に着地しました。すべてがあっという間の出来事で、どのように落ちるのかを決める余裕などありませんでした。わたしの両手は脳の指令よりも早く、顔を守ろうと動き、石のように硬い歩道に衝突しました。手術のあと、両手は少なくとも道具としては再び非の打ちどころのない機能を取り戻しましたが、心臓との繋がりは切断されてしまいました」

「自転車事故のきっかけとなった天才的なアイデアとは何だったのですか」

パトリックは「天才的な」という表現を使ったことを恥ずかしく思う。

「それほど天才的なアイデアでもなかったのです。ただ、アラベラ（Arabella）という名前にAの綴りが三回も出てくるのはなんて素敵なんだろう、と思ったのです。どれもゲルマン的な名前ではない人で、その代償としてAの綴りが一度出てくるのです。アラベラ、マンドリーカ（Mandryka）、アデライーデ（Adelaide）、ヴァルトナー（Waldner）、ズデンカ（Zdenka）、マテオ（Matteo）、みんなそうです。スラブやイタリア的なものが自明となったウィーン的な響きがします」

「もしかすると母音のAは、口を一番大きく開くことができるので、オペラの歌唱にとって都合がいいのかもしれません」

「そのことは以前わたしも考えました。でもあるオペラの女性歌手の口を細かに観察すると、Aという音を出すとき、他の母音のときに比べさほど大きく口を開けていないことが確認できました。それに対し、Iのときの彼女の唇は驚くほど縦に広く開かれていました。AやOと叫ぶとき、わたしは口を窓のように開けて喉の奥から風を送り出します。プロの歌手はまったく違います。響きを完全にコントロールしなくてはなりません。声は風ではないのです」

「個別に考察していくと、どの母音も決まった感情を呼び覚まします。私はドイツ語のUの母音が怖いのです。それは威圧的に響きます」

「同時にそこには信頼できるものがあります。たとえば「きみ（Du）」という言葉の中に母音のUが理想的に融合しています」

「ではDはどうですか？　Duの中にある動じないDは同志にとって都合がいいですか？」

「Dはたくさんの角とギザギザと輪郭を持った洞察（Denken）からきています。「思い浮かべよ（Denk dir）[96]」ツェランは『糸の太陽たち』の最後の詩でこの呼びかけを四度繰り返しました。やはりこれは「死のフーガ」との大きな違いです。「死のフーガ」では「われわれ

（wir）」と「彼（er）」が詩にリズムを与えています。[97] ツェランは「われわれ」のグループに属し、絶滅のマイスターである一人の「彼」が登場します。すべてはまだ明晰です。ところが「思い浮かべよ」の「きみ（Du）」とは誰でしょう。二人称単数は一人称単数にとって脅威になるとわたしは思います。一種の鏡像病です。二度繰り返されるD。棘（Dorn）と有刺鉄線（Draht）。棘は痛みを引き起こし、有刺鉄線は自由の剝奪を支援します。棘は目の中にとどまり、有刺鉄線はそれらすべてにもかかわらず[98]二人の人間を結びつけます。この詩は同書のほかのすべての詩とまったく異なります。六日戦争は詩人に湿原兵士を呼び覚ましました。わたしは、彼らはもうとっくに埋葬されていると思っていました。しかしどうやらそうではないようです。イスラエルは存続しなければならない。しかしツェランは、次々と起こる戦争の連鎖を最後まで考えたくはないとフランツ・ヴルムへの手紙で書いています。[99] ツェランが最後まで考えられなかったのは驚くことではありません。彼の死後五十年経ってもそれは終結していないからです」

「政治的な詩ということですか？」

「ええ。でも文字が主人公です。DenkとDirの中のDという文字は、どんな行為も対象なしに自発的には起こりえないことを思い出させます。対象なしにただ考えただけでは、うまくいきません。死ぬという動詞はどうでしょう。「私」は自分の死を死ぬのか、それとも「私」は対象をもたずにただ死ぬのでしょうか」

「生きるという動詞はどうでしょうか？　人は自分の生を生きることができます」

「ええ、でも人は生きるために住まねばなりません。ある場所に住まなければならないのです。この地球上に居住可能な場所を作るために両手と犂(すき)でつらい労働に従事する人がいます。Dという綴りは手（Hand）にも地球（Erde）にも含まれます。人間は遠い国に向かい、昼も夜も土を掘り返し、やがて居住可能な場所が獲得できないことに気づきます。その前に彼らは目と身体を奪い取られたのです。土に埋葬されることも叶いません。このすべてが思索するDをともなった詩（Gedicht）の中にあります」

「私の祖父もラジオで六日戦争の始まりを追いかけていました。最初にエジプトの軍事基地へのイスラエルによる予告なしの空爆を聞きました」

「当時、人々はあらゆる情報をラジオを通して知ったのです。わたしにとってはインターネットよりもラジオの方がよいのです。色のついた映像から爆撃を受けないほうが、ある事件についてより落ち着いて冷静に判断できます。若いころ、ビジュアル的に美しい爆弾にイライラしたものです。「糸の太陽たち」という語を見ると、わたしの中でカチッとスイッチが入ります」

「どうすれば私にもそれが理解できるでしょう?」

「わたしは白い糸を空中に飛び散らせる、ある特殊な爆弾を思い浮かべざるを得ません。すると本当に自分の上方で爆発が見えるのです。わたしのセラピストはかつて、残念ながら「パラノイア」[100]という語は時代遅れになったと言いました。今日世界中を幽霊のようにさまよっているいろいろな概念よりも、この語の方をずっと好んでいる患者は何人もいます」

「祖父は、ツェランがわずかな兆候から戦争の連鎖を察知することができたと言っていました。多くの人びとにとって、まさしくそれがパラノイアにほかなりません」

「わたしは自分の心臓を戦闘用の爆弾の秒針に合わせて鼓動させたりはしません。わたしの器官を制御するほかのシステムが必要です。ところでどこまでお話ししましたっけ？　心臓の経絡のほかの支脈はどこに通っているのでしょう。手に繋がっていますか」

「ええ、もちろんです。主要な支脈は心臓から肺へ向かい、上腕へと弧を描き、肘のくぼみへと進み、終点は掌です」

レオ＝エリックがルートを説明している間、彼の華奢な指は自分の胸から肘までを撫でている。彼は束の間、遠い過去に眠っているように見える追憶に浸り、パトリックはひとり現在に取り残される。見捨てられた寂しい子どものように、彼は自分の左手の甲に小さな声で話しかける。彼は自分の手に、きみと呼びかける。

「わが手よ、きみはわたしのためになんでもしてくれるね。この手は家の扉を開け、水道の蛇口をひねり、壁がわたしを押しつぶそうとするときには押し返してくれる」

レオ＝エリックは追憶からはっと現実に戻り、少しおびえたように尋ねる。

「どの壁のこと？」

「つまり、確固とした大きさを持つ空間があるのではなくて」

「それで？」

「空間が独り立ちして、わたしを攻撃するのです。壁はどんどん迫ってきて、窓はどんどん小さくなる」

「どうやって壁がきみを攻撃できるの？」

この質問によってレオ＝エリックはこっそり「きみ（ドゥー）」と呼び変えた。パトリックはひそかな喜びで震えたが、同時に気になる些細なことも二つあった。第一に、この移行が四格において起こったこと、つまりレオ＝エリックが「du（きみが）」ではなく「dich（きみを）」と言ったこと。第二に前置詞の「gegen（〜に逆らって）」をともなったこと。これは美しい友情の始まりとはいえない。しかしパトリックは自分の疑念を口に出す勇気がなかった。その代わり彼は自分の空間論を話し続けた。

「空間が内に向かって拡がると、狭くなってわたしの居場所がなくなります。逆に、空間が外に向かって拡がると、わたしは拠り所を失います」

レオ＝エリックは机の上に置いていた両方の掌を返し、予想もしなかった鋭い反応をする。

「そもそもきみはツェランについて書こうとしている。でもきみはあまりに繊細だから、その詩的脅威が私生活にも伝染してしまう。一見興味深く見えるきみの知覚は、実は偉大な芸術の反映に過ぎないんだよ。それにきみはその芸術家の名前すら言及していない」

初めてパトリックは攻撃されたように感じて、沈黙する。友人は彼を「きみ」と呼ぶや否や、もう空間の理論を失敗だと分析している。

「どうか腹を立てないで。若くて才能のある人たちが転落していくのを私は何度も見なければならなかった。助けを乞われたときはいつも遅すぎたんだ。今回だけはきみの未来形をどんなことがあっても変化させるつもりだ」

「どういうつもりなの？　ぼくにはいまひとつ理解できない」

「今われわれは向かい合って座っている。きみはストックホルムに、私はパリにいる」

パトリックは力なく、しかし少しは嬉しそうに微笑み、自分の頭蓋骨を押しつぶす木の枠の小さなねじが廻されて緩んでいるのに気づく。それはかつて彼の母が刺繡するとき用いていた木の枠だ。彼女は部屋の壁にもたれて座り、手仕事に熱中していた。彼は母の背中に声をかける勇気がなかった。もしかすると彼は、大声で呼んでも母が振り返らないのを恐れていたのかもしれない。

「もし私がストックホルムできみがパリだったら、われわれを結ぶ最短距離の線は地球の中心を通らないだろうか」

とレオ＝エリックが言う。

「確かに。でもどんな手紙も、地球の中心を形成する熱い溶岩の中を通り抜けることはない。手紙はいつも地球の表面を滑って行く。ツェランはたくさんの手紙を書いた。膨大な数の手紙を。ひとりの人間にこんなに多くの手紙が書けるなんてちょっと信じられないくらい」

とパトリックが言う。

「手紙は生き残るために不可欠だった。怒り、痛み、[101]不安は流れ去って、滞る[102]べきではない」

と医者の孫が言う。

「ぼくには幾つか滞っていることがあるんだ。書くことができない。自分は妨害されている。もしかすると鍼灸師を試してみるのがいいかもしれない。でも痛みに対して不安があるんだ。正確に言えば、痛みを感じるかもしれないという想像に不安を感じる。指に針で治療するのはきっと痛いんじゃないかな。ぼくの手は敏感すぎる。手紙を開封するときですら血が出るんだ」

それに対してレオ＝エリックは自分の指の腹でパトリックの指の先に触れて言う。

「痛くないだろう。きみの手は痛みを感じずにすべてを処理できるよ。手紙を開封することも、文章を書くことも、握手することも。これは痛いかい？」

「全然」

「ここで心臓の経絡は小腸の経絡と出会うんだよ」

パトリックは手をひっこめ、害のない身体的接触をこれ以上我慢できなかったことを恥じる。

パトリックはバツの悪いシーンをそそくさと切り上げて次の行動に移ろうとして口を開く。

「一八八四年大きな国際子午線会議が開催され、それ以来、ロンドンのグリニッジ天文台を通る子午線が基準子午線（Hauptmeridian）とみなされている。[103]それまで他の子午線もあったんだけど、本初子午線（Nullmeridian 零子午線）として認知されることはわれわれにとって重要ではなかった。無数の子午線があるけれど、すべてが北極と南極を通過するなら決して交差することはないだろう」

「その通り。ツェランは全世界が回転する中心になる軸[104]には興味がなかった。彼は宇宙と全世界を志向していたものの、子午線をきわめて個人的に理解した。ストックホルム・パリ間の線を延長すると、われわれはどの気候帯に達するのだろうか」

「たぶんブラジルのアマゾンの熱帯雨林あたりだろうね。熱帯／比喩(トローペン)[105]はぼくを悲しませる。言葉は隠喩として読まれるべきではないと思う。そのようなことをする人は、――文学批評家にどう呼ばれていたのだろう？――、死んだ言葉の茂みの中に隠れ続けていることになるだろうね。たとえば髭と歯なんかが」

「髭と歯がどうしたというんだい？」

「両方とも『糸の太陽たち』に出てきて、四文字からなる語なんだ」

レオ＝エリックはすべすべのあごを撫でながら言う。

「子どもの頃、私は殺人的な歯痛に襲われたことがある。祖父の所に行くと、すぐ歯医者に行きなさいと命じられた。あらゆる苦しみから私を解放してくれた全能の祖父は、鉗子と電気ドリルで治療する医者にさっさと私を送り出した。ぞっとしたよ」

「歯痛に効く鍼療法はないの？」

「痛みを和らげることはできるが、歯は全然よくはならない。歯は固すぎる」

「ツェランは魂を歯と同じように硬いと感じていた。歌うにはその両方が必要なんだ。歯のない歌手って見たことある？　そんなのありえないよね。歌手は歯が丈夫でなければならない。たとえばヨゼフィーネ[106]は素晴らしく歌うことができた。皆は彼女の声はコウモリのように異様だと思っていた。そしてカフカの側から言えば、黒丸ガラスは歌うのに歯はいらないんだ」

レオ＝エリックは笑って、パトリックの話が絶えず飛躍したり、脱線したりするのを楽しんでいるように見える。彼は質問しながら、歩みを共にする。

「それで髭は？　黒丸ガラスは歌うのに髭を必要としないの？」

「そうなんだ。たぶんカフカは父が髭をたくわえていたので、決して自分の髭を伸ばそうとはしなかった。彼は物書き机の上に髭剃り用の鏡を置いていた。まるで書くためには、きちんと髭を剃ることが必要であるかのように」

「それじゃあ髭はカフカにとって、ユダヤの族長的なものだったの？」

「必ずしもそうとはいえないよ。オスカー・バウム[107]は髭を生やしていた。フェリックス・ヴェルチュ[108]もそう」

「へえ、そうなんだ。『糸の太陽たち』に「族長の髭[109]」とあったよね」

「違うよ。それが出てくるのは『誰でもない者の薔薇』だよ。『糸の太陽たち』では「光の髭」となっていて、正確にいうと「光の－髭」とハイフンで分断されている。「フランクフルト、九月[110]」という詩だよ。フロイトの額も出てくる。その髭もフロイトのものだろうか？」

パトリック自身が驚いたのは、『誰でもない者の薔薇』であれ、『糸の太陽たち』であれ、特定のページがまるで写真を撮られたようにはっきり脳のスクリーンに映し出されることだった。彼に直観像記憶[111]があるとでもいうのだろうか。日常生活ではごく単純なことですら思い出せなかった。たとえば女友達との関係が終わったかそうでないかも思い出せない。それに対してかなりの数の詩はけっして忘れることなく、血管となり繊維と化し、眠りの中で新たな結合をしていく外国語のように、言葉たちはひとりでに網状に繋がっていくのだった。それに関してはパトリックのお気に入りの女性歌手が自伝の中に書いている。人が眠って何もしていない間に、まさしく外国語は脳の中で増え続けていくと彼女は考えている。

「今、何を考えているの？」

「ぼくがもう詩について書かなくなってから、詩がぼくの中で書いている。それは外国語のようなものなんだ。そもそも眠りと外国語の関係をわれわれは探究しなければならない。抒情詩じたいが外国語なんだ。抒情詩はぼくの栄養源であり、ときにはぼくが抒情詩の栄養源となっている」

「眠りの中で抒情詩とかかわるのは危険だ。きみはコントロールできない。むしろ生きた学問に取り組んで、自分が消耗しないようにすべきだよ」

「われわれはみな早かれ遅かれ消耗してしまう。その際、沈黙する者と歌う者があるんだ」

「ツェラン学会で講演をしないのなら、きみは沈黙する者のほうになるよ」

「学問においても歌うべきではないでしょう」

「誰がそんなことをきみに禁じるというの？」

「誰もぼくに禁じたりはしないよ。われわれは民主化の進んだ国に住んでいる。彼らはぼくを招待し、見捨てる。いつのまにかぼくはこのような遊びをする気がなくなってしまった。むしろ自分の家に閉じこもっていた方がましなんだ」

「今思い浮かんだのは聖ヒエロニムス[112]だ。彼は薄暗い部屋で古い書物を読んでいる。彼の書き物机の上には髑髏（どくろ）が置いてある。太陽の光が部屋に差し込み、彼の髭を燃えるようなブロンドに染める。以前の私はある老思想家の髭を、もつれた灰色の思考の糸のように想像していた。でも今ではこの髭は生きる歓びにあふれた女性の豊潤な頭髪のように見えるんだ。これが光の髭？」

「写真に写ったジークムント・フロイトの髭は灰色で、一市民としてきちんと手入れをしていたように見えるよ」

「彼の髭の光は別のところから来ている。心理学という懐中電灯から。もう分かるよね。ところで、きみは幼年時代の暗い洞窟から何を見つけたの？」

パトリックに精神療法の経験があることを、レオ＝エリックはどこから知ったのか。彼は一週間のうち一日も休まず上空から町を眺めている天使のように、何でも知っている。何を彼に隠そうとしても無駄だ。

「正直言えば、ぼくがフロイトから学んだのは医学に関するより文学的なことなんだ」

「でもきみは治療を受けていたんだよね？」

「ぼくの期待が高すぎたんだ。母が黄金虫の歌[113]を歌うのを聞きたいと思ったのに、セラピストは自分は巫女ではないので死者を蘇らすことはできない、と言ったんだ。ぼくが望むことが彼にはできず、彼が望むことがぼくには分からなかった。治療のあいだぼくは「固く沈黙し」、唇をぎゅっと閉じ、自分のもくろみを隠せる髭が顔中を覆っていればいいのにと思っていた。「固く（ハルト）沈黙した」[114]ではなく、「髭（バルト）で沈黙した」とぼくは言った。髭とは、誇りある男性の沈黙のためにある、完全なヴェール。人は沈黙し、それによって対峙者を抹消する。だからツェランにおいて「盲目（ブリント）の沈黙した」[115]と呼ばれているんだ」

「語ることが不可能なら、歌うことは沈黙より良いと言えるだろう。私の考えはあまりに文化政策的だろうか。許して下さい、仕事柄そうなってしまうんだ」

「歌うことができる限り、歌うべきでしょう。黒丸ガラスの場合、つまりカフカがそうだったんだけれど、結核が彼の咽頭に襲いかかった。作家に声はいらない、書くことさえできればいいと考える人がいるけれど、それは誤りだ」

「もしカフカがその前にスペイン風邪で体力を消耗していなかったら、あんなに早く結核で死んでしまうことはなかった、と祖父は言っていた。パンデミックはツェランから二人の作家を奪った。カフカとアポリネールだ」

ひとつの人間の大きさの影が東から西へと忍び歩き、一瞬カフェの客を暗く覆い、通り過ぎ、太陽に客たちをゆだねる。パトリックは空に魚の形をした雲を見つけて、視界から友人の顔を見失い、もしレオ＝エリックが本当はここに座っていないとしたらどうだろうか、と考える。もしすべてが自分の幻覚にすぎなかったら。突然、都会の鳥のさえずりが止んで、パトリックは自分が鳥の代わりになる番だと考える。

「もしある人が歌えなくなり、しかも一羽の鳥のままでいなければならないとしたら、どんなにひどいことだろう。ぼくだったら文字に歌わせるだろう。われわれの時間が終わったとしても、彼らは歌い続けるだろう」

「なんて不気味[116]なんだろう！　生きている人間が一人もいないのに、歌声で満ち溢れた世界があるなんて」

「今でも、この地球上には死者たちが棲息しているんだ。彼らの歌が取り立てて美しいというわけではないけれど、ともかく聞く価値はある」

「まだ死んでいない一人として、きみは何を歌いたい？」

「九月黄金虫[117]の歌か、墓から出てきたほかの昆虫の歌かなあ。ツェランは初期の詩において死者の童歌をまねて歌っていた。混声合唱がぼくの臓腑の中で蠢いてきそう。ぼくの指先が凍え、つま先も冷たくなっても、頭だけは孤立無援の声の坩堝の中で沸騰することだろう。むしろ数字を手がかりに進む方向を決めたい。文字を数えよ、木の実を数えよ。アーモンドだけでなく、落花生や胡桃も数えよ。[118] それらを割ることができなくても、数えることはできる。ぼくはそれらを数え、皮をむいた。目、髭、歯、脳、心臓、首、手。ぼくは粒よりの胡桃類（ナッツ）を冠詞も、所有代名詞もつけずここに披露するよ」

「きみはそれらをどこに見つけたの？　もっぱら『糸の太陽たち』の中にか、それとも『光の圧迫』にもそれらを探したのかい？」

『糸の太陽たち』だよ。ぼくの最初の計画は、外科医がやるようにバラバラになった詩人の身体部分を太陽光線のより糸で再びもとに縫い合わすことだった」

「太陽の糸とは外科医が用いる縫い糸のこと？」

「ええ、でもぼくは縫ったり切ったりはできない。できるのはただ数えることだけ」

「どうしてそれらは四文字で、三文字でも五文字でもないんだい？」

「三文字ではあまりに少ない（arm）。詩集の中では腕（Arm）だけが三文字から成る身体部位である。むしろ手（Hand）は四文字ある」

「指は五本あるのにね」

二人の男は声をそろえて笑う。学生っぽく見えるウェイトレスは突然パトリックの横に立って、会話をさえぎる。

「何がよろしゅうございますか？[119]」

こうした言い方は、きつい年増のウェイトレスの方が似合う。

「血（ブルート）のオレンジジュースをお願いします」

パトリックは反射的にそう答えるが、そのあと「血（Blut）」という言葉がなぜ彼の四文字の語彙リストにないのか疑問がわいてくる。たぶん、純粋な血がないからであろう。浮かんでくるのは造語ばかり。「血の時間」、「血の農地」、「明るい血」。[120] パトリックは稲妻のようにすばやく記憶の中の詩集のページをめくる。ウェイトレスは彼の努力には目もくれずに、事務的に答える。

「ここには血のオレンジジュースはありません」

「では柘榴[121]ジュースをください。それは詩集に出てくる唯一の果物です」

「それもありません。グレープフルーツジュースならお出しできますが」

ウェイトレスの目のなかに微かな怒りの芽が吹き始めるが、言葉遣いにはまだ土埃（つちぼこり）をかぶった礼儀が付着している。

「どうしてグレープフルーツジュースなんですか。グレープフルーツはたいていイスラエルから輸入されます。一九六九年、ツェランは初めてそこに行きました[122]」

ウェイトレスは客の言葉を無視し、レオ＝エリックの方へ顔を向ける。彼のほうがとっつきやすいのではないかと期待して。

「あなたのお友達にすぐにグレープフルーツジュースを持ってきましょうか。それであなたは？　何をお持ちいたしましょう？」

「ミッシュクルークをお願いします」

「なんですって?」

「古代ギリシア人は混ぜもの壺（ミッシュクルーク）[123]でワインに水を混ぜました。お尋ねになりたいんでしょう、これもツェランの用語です。ワインは人を酔わせますが、水は逆に酔いを醒まします」

「では炭酸水割りワインですね。大ですか小ですか」

ウェイトレスは表情を和らげる。もしかすると彼女は二人の男を、何をしても許される大麻常習の旅行者とみなしたのかもしれない。彼女は二人に背中を向け、隣のテーブルの別の客と話している。パトリックの眼差しは、極細の人工絹糸から透けて見える彼女の天使のような肩甲骨に釘づけになった。

「あの女性の肩甲骨はとてもきれいなのに、彼女の話しぶりはそっけない。残念だよ」

パトリックはウェイトレスの本性についてさりげなくコメントし、自分が友人と一緒に見知らぬ女を品定めする、心配事のない青年であるかのように感じる。ただし彼の思いあがった幸福は長くは続かない。パトリックは視線を恥ずかしそうに下げ、震えるような小さな声でささやく。

「ご覧のように、ぼくの脳は泡の思考でいっぱいなんだ」

「泡のせいで恥ずかしく思う必要はないよ。泡のない生活なんか想像できるだろうか。泡はカミソリから皮膚を守り、カプチーノを熱く、ビールを新鮮に保ってくれる」

パトリックの目には突然、新しい友人が毎朝髭を剃り、毎夕よく冷えたビールを飲む男のように見えてくる。毎晩、彼は夢の中で女性がくれた泡立てられた卵白ですべすべの肌をケアしているのだ。

「何を考えているの？」

「ぼくの脳は物置部屋で、考えるには適さない器官だよ。自分の脳が機能しない場合、どの器官で考えればいいんだろうか。胃には思考するよりも重要な使命がある。肺もそう。心臓は疲労困憊している」

「なぜきみの心臓は疲労困憊しているんだい？」

「心臓をいつも隠喩として酷使してきたから」

「きみは「見える、脳幹と心幹のもとで」[124]という詩を知っている？」

「ええ、もちろん。「真夜中の射手が十二の歌を追う、裏切りと腐敗の髄を抜けて」だよね。

「十二の経絡」のように「十二の歌」は存在すると思う？」

「きみにこの本を見せたいと思っていたんだ」

レオ＝エリックは革のかばんから一冊の文庫本を取り出す。華奢な指がページをめくり、人間の頭の解剖図があるところでぴたりと止まる。

「ここだよ。十三番が脊髄という。それは十二番の延髄に繋がっている。そしてこれがいわゆる橋(きょう)。その後ろに見えるのが小脳活樹のある小脳虫部。どう、すごいでしょう[125]」

パトリックは目をぱちくりさせて蟻のような字で書かれた言葉を読んだ。

「本当だ。橋、小脳虫部、小脳活樹。これは医学の専門用語？　それは中国医学の本なの？」

「いや、大学で学ぶ医学の基本文献だよ。ウェルミス・ケレベリ、アルボル・ウィタエ（Vermis cerebelli, Arbor vitae）。このちんぷんかんぷんな専門用語は正しい中国語ではなく、まぎれもないラテン語だ。ここに書いてあるのを見てごらん。『延髄は脊髄に接続する脳の一部である[126]』」

「ツェランの詩では「裏切りと腐敗の髄」とあるよ」

「人体に髄より深く入っていけるところはない」

「医学に詳しいんだね？」

「いや、知っているのは祖父が教えてくれたことだけだよ。私は彼の言葉を正確に再現することさえままならない」

レオ＝エリックは何ページか先をめくり、脳を簡略にした図を見つけた。

「ここに「脳幹」と「脳の外套（マント）[127]」という語がある。これはツェランが精神科クリニックで読んだ本だよ」

レオ＝エリックは本を閉じて、友人に渡す。『人間の身体――その構造と機能の概説』。本書は著名な学術出版社であるゲオルク・ティーメ社から出版された。パトリックはその奥付と前書きを一瞥する。初版は一九六六年。著者アドルフ・ファラーはスイス人に違いない。

「それはツェランの所有していた本なの？　それをおじいさんから受け継いだの？」

レオ＝エリックは表情を緩め、誇らしげに微笑む。

「これはオリジナルではない。祖父は同じ本を購入して、ツェランが自分の本にしるしをつけたのと同じ箇所に書き込みを入れたんだ。たとえばここ。ツェランは「大動脈弓（Aortabogen）」に下線を引いた。そこで祖父も同じ語に下線を引いている」

「ツェランの読んだ痕跡を書き写したというわけなの？」

「そういうこと」

パトリックはその本をぱらぱらとめくり、「明るい血」という下線が引かれた語を見つけた。

レオ＝エリックはブックカバーに少し触れて言う。

「カバーの裏側にツェランの詩が書かれている。私はずっと祖父が印刷された詩集から書き写したのだと思っていた。でも違った。オリジナルが保存されているマールバッハ文学資料館[128]で確認したところ、祖父はツェランの筆跡までまねて書いたんだ。ツェランもここにそれを書いた」

パトリックは模写されたツェランの筆跡を見つめている。「間近に、大動脈弓の中に[129]」。この詩は鉛筆で書かれていて、走り書きのメモに見える。はっきりとは判読できない単語が一つある。一つの字か数と思われるところに、二つの印が隠されていることもある。最後の行は奇妙で、「２１４、あの光」とある。

「その詩は知っているけど、思い出す限りではそこに数字の２１４は出てこない」

「それは本当に２１４のように見えるけれど、実際にはＺｉｗと書かれてあるんだ」

言われてみれば、Ｚの頭はあまりにも丸く、ｗは右側に倒れている。

「Ｚｉｗだ！　やっとその語を思い出すことができた。それはいったい何を意味するの？」

「祖父は、ヘブライ語だと言っていた」

「ああ、なるほど。いずれにせよツェランにはいつもいろんな言語が出てくるからね。彼の沈黙や歌の中だってそうだよ」

「彼は詩における二言語性を信じない[130]と言わなかったっけ？」

「たぶん彼は不機嫌だったんだよ。ツェランの書法の独自性を受け入れることができなかった批評家たちが、二言語性、多言語性という概念を悪用したんだ。つまり保守的な読者は生粋のドイツの詩人には理解不可能なメタファーも東方のメロディーも許さなかった。けれどもツェランの片足は別の言語の上に立っていたので、彼には半ば特権的な自由を容認していた。そのような後援者の偽りの言動にツェランは激昂した。彼は見せかけだけリベラルな方法で締め出されるのを望まなかったんだ」

「にもかかわらずそれは過剰反応だったの？」

「芸術とは常にひとつの過剰反応だ。ツェランは多言語性の真ん中で詩作していた。彼は翻訳するだけでなく、自分の翻訳の中で歌っていたとぼくは思う。ルーマニア語で、ロシア語で、フランス語で、ヘブライ語で、英語で、彼は声が出なくなるまで歌った。それが彼の後期の詩作の出発点だった。声を失ったことから始まったんだ」

「きみがパリに行かないのは、本当に残念でならない」

「ぼくは自分の講演を誰の感情も損ねないようには書けないんだ」

「誰の感情も害さないのが学問の目標だろうか?」

「『目標』という語を聞くと本当に気が狂いそうになるよ」

「もし望むなら、次に会うときにもう一冊本を貸してあげよう。『詩の媒質としての中国の文字――アーネスト・フェノロサ+エズラ・パウンド芸術論』[131]。この本もツェランは自分の書庫にもっていた。多言語性の観点からこの本はきっと面白いよ。中国語は読める?」

「いいえ」

「問題ないよ。中国語を知らずに漢字を読んだ詩人はけっこういる。たとえばヴィクトール・セガレン[132]がそうだよ」

パトリックは微笑み、自分は異質なものに素手で触れることになるだろうが、これこそ詩作の王道ではないかと考える。

5　衝突する時間たち[133]

パトリックは歩く。歩くことは、始まりがいつも霧の中にあるプロセスだ。どのようにして彼は友人とカフェで別れたのか。はたして彼は血のように赤いジュースを飲み干したのか。彼が思い出せるのは、レオ＝エリックが彼に医学の専門書を貸してくれたことだけだった。人体に関する言葉の宝庫は文庫本にしては驚くほど重い。

パトリックは帰宅しなければならない。そこで待っているのはリヒャルト・シュトラウスただひとり。歩いている者が考えれば考えるほど、道は長くなる。歩行のリズムのすぐ後ろからオクタヴィアンの声が聞こえてくる。「きのうの、あなた！　いまの、あなた！　だれも、知らない、だれも、気づかない。」[134]シラブルが一歩一歩を刻んでいく。パトリックは想像の中でもう家に到着していた。彼の震える中毒症状の両手は我慢できずにＤＶＤのケースを開け、彼はオーケストラの狭い金のピットに一瞥を送ることができる。音楽はときには人間の心臓のように盲目だ。隣で囚人が自分の墓を掘るのを強制されているとき、[135]音楽は常にそのことを察知している訳ではない。作曲家が見ることができなかったものは何で、見ることを望まなかったのは何か。弦楽器は蜂蜜のように甘い木の色をしていて、演奏者の胸は白く、背中はシャチのように黒い。聴衆はまだ標準音高のAを探りあてるためのオケのばらばらの音合わせに耳を傾けている。それから指揮者が姿を見せ、尊敬に満ちた拍手を前払い金として受ける。実際にはパトリックは聴衆の中にはおらず、彼の靴はまだ無数の敷石をあとにしなければならない。

実際、帰宅するのは容易なことに違いない。人はやってきた道を、長く細い絨毯のように巻いていかねばならず、そのようにして自動的に出発点にたどり着くのだ。それゆえ家に帰るのは造作ないことだ。なぜ帰郷[136]がそれでもなお芸術にとって大きなテーマとなるのか。帰ってきなさい！　母が叫ぶ。母は、息子が染みのついた人生の絨毯をすばやく丸めて両親の家に戻ることを望む。彼は選択に直面する。さらに前進して次の女性の胎内に行くか、それとも死んだ母の胎内に戻るか。

毎日、自宅から一歩進んで離れたところへ行ける人はもはや患者ではない。パトリックは患者ではない、というのは彼にはいま、ひとつの家宝まで信頼して貸してくれる友人がいるからだ。レオ＝エリックの祖父は敬愛する詩人の読書の痕跡を自らこの本に書き写し、パトリックは今その本を家に持ち帰ることができるのだ。これは、六〇年代のパリの街の一部を身につけているようなものだ。

パトリックは彼自身の四つの壁へと急ぐ。彼はこの住まいを愛している。正確に言うと、十七という家の番地を愛している[137]。それは数の最高位である一と、自分自身である十七だけにしか割り切れない素数である。

彼は階段の段数を数える。登っては数え、その数が登り続けるモチベーションとなる。彼が四十七を数えると、彼の鍵が鍵穴にぴったり合う。彼の住まいは毛むくじゃらの建物の屋根の真下にある。曇った小さな天窓だけが外に開かれており、空が賭けに加わる[138]と、その空間は薄暗い穴ではなくなる。レンガの間には麦わら色の雑草が生えている。一羽の雀が青い四角形を二つに切り裂く。パトリックはジャケットを脱ぐ。彼はジャケットが自分をひとりの市民パトリックにしてくれると考えていた。しかし逆のように見える。ジャケットは彼に誰かに見えることを強制し[139]、自分から遠ざけてしまう。ジャケットの中で彼は患者である。なぜなら彼は外に向けて別の天職をもっていないから。ジャケットがなければ彼はただのパトリック、この何にも満たされていない名前でいることができる。

彼はジャケットを二本の釘で壁に固定されている鉤(ハーケン)[140]にかける。釘の頭はフクロウの丸い目のように見える。その賢い銀色の目は、パトリックが次に何をするかを注意深く観察している。電話のベルが鳴る。するとパトリックは電線が肌に触れたかのように飛び上がる。そんなことあるはずがない、電話のベルなど鳴るはずがない。ケーブルは抜かれていて、頭を叩き潰されてぐんにゃりとなった蛇のように地面に横たわっている。ベルの音は時間の血管を断ち切る。モーツァルトのメロディーをまねているか、鷗の雛たち[141]の叫び声をまねているのかはどっちだっていい。時間は血を流し、大動脈には亀裂が入っている。パトリックは再び患者となり、床を這って、ケーブルを引き抜いてプラグを床に投げつける。留守の間に誰かがわたしの家に忍び入り、プラグをコンセントに差し込んだのだ。尋ねられたことはないので、電話番号を誰にも教えていない。雀と湯沸かしポットの慎ましやかな音出し（アインザッツ）[142]以外、一枚のＤＶＤがわが家をオペラハウスに変えるまで、わが家で音を立てるものはない。電話のベルは文化史の中の恥であり、楽譜の中のインクの染みであり、耳の中の傷だ！　コンセントのけがれを知らない黒い子どもの目は懇願するようにわたしを見つめている。プラグの刃を観察していると、稲妻のようにひらめいた。さっきわたしに電話をかけてきたのはあの女性歌手かもしれない。最近わたしは一通の手紙を書き、彼女のコンサートが行われる予定のボストン・シンフォニーホールの所在地に送ったのだった。そのコンサートはほかのすべてのコンサートと同様、きっとキャンセルになったのだ。さらに言えばあの歌手はずっとベルリンにいた。この目で通りを歩いているのを何度か見かけた。だから直接彼女に手紙を手渡すことだってできたのだ。手紙はアメリカから返送されて来なかった。おそらくどこかに転送されたのだろう。わたしの手紙は少なくともオネーギンに宛てたタチアーナの手紙みたいに情熱的だった。正直言えば、プーシキンの文章をパクったのだ。でもそれはロシア語から自分が行った誤った訳だったので、著作権に抵触する恐れはない。手紙の最後に自分の電話番号も書いておいた。わたしはもう一度プラグをコンセントに差し直す。結局、プラグとコンセントは陰と陽のごとく一つにまとまるのだ。誰かがいま電話をかけてくるとすれば、あの歌手のほかにはありえない。誇大妄想だとはわかっている。でも一つだけ断言できる。あの女性歌手がわたしに電話をする可能性は、ほかの歌姫(ディーバ)が電話をかけてくる可能性よりずっと大きいのだ。わが愛する女性歌手は若いとき、著名な女性芸術家たちがどんなに冷たくファンをあしらうかを聞いてしまった。彼女はもしいつの日か自分が有名になったら、決してそんな振る舞いはするまいと決心したのだ。彼女が本当にファンのすべてに十分な時間を取っているかどうか、わたしは知らない。ただ彼女がそうしたことをじっくりと考え抜いていたことだけでも、十分に称賛に値する。彼女は聖職者ではなくひとりの歌姫なのだから。

手紙を書くことで過ごした夜は、思い出の中のほかのどの夜にもまして輝いている。わたしは一晩じゅう、オネーギンへ長いラブレターを書いたタチアーナになりきっていた。この陶酔の時間ほどわたしを満ち足りたものにしてくれた時間は過去になかった。だからその手紙をそのまま火にくべてしまって、受け取るひとを煩わせなかった方がよかったのかもしれない。彼女はわたしなどと知り合わなくてもいいのだ。わたしの存在に気づかなくても、彼女は毎晩大きな人間の風景を見せてくれる。彼女がいなかったらわたしの空間は縮んでいってじきにわたしは消えてしまうだろう。彼女のおかげで病気にもかかわらず、わたしは遠くまで歩いていき明るく笑うことができる。人間には大きな一方的な愛が必要であり、愛の不可能性が人生を豊かにしてくれるのだ。時代遅れ？　いや時代遅れというだけでは足りない。わたしはペトラル

[143]カやシェイクスピアの同時代人になりたかった。あるいはもっと遡って、『糸の太陽たち』に出てくる最古の人物であるヒポクラテスの同時代人に。[144]彼はわたしのように数字の四にとらわれていた。わたしはフェルトペンで四つの特質、熱・冷・乾・湿を自分の書き物机の四隅に書いた。それにしたがって、わたしはいつも熱いコーヒーの入っているカップを左前方に、冷えたミネラルウォーターを左後方に置き、本を右後方に、そして涙をぬぐうためのハンカチを右前方に置いている。わたしは泣くことができない。もうどのくらい泣いていないことだろう。温かく湿っているのが赤い心臓、温かく乾いているのが黄色い肝臓、冷たく乾いているのが黒い脾臓（ひぞう）、そして冷たく湿っているのが白い脳である。患者はヒポクラテスの一覧表を童謡のように歌う。事物が四つの方向に整頓されると、彼の気持ちは落ち着く。ようやく彼は歩くのを止めることが許され、四つの壁に囲まれることができる。一枚目の壁は甘く、二枚目は苦く、三枚目は辛酸っぱく、四枚目は塩辛い。ヒポクラテスは古代の中国人と同じく、われわれの身体の各部分が、色や味や温度として人が知覚する一つの宇宙に対応していると考えた。そのことに通じている者が各器官を指揮し、体液を流動的に保つことができるのだ。

　患者はベッドに入る。まだ明るい昼だというのに、過眠症かそれとも不眠症にかかったのだろうか。彼の四本の手足はベッドの四隅の方向に伸び、彼は五本目の肢と話し始める。五本目の肢はどこに行けばいいのか。それは一本の肢だけでなく、全身が寄生者として生きていける女性を探し求めるべきなのか。ベッドは四角形で、本もまたそうだ。だからシーツは官能的で医学的な詩を読むためにはおあつらえ向きの敷物なのだろうか。患者はその本を開く必要はない。もうそこから多くの詩を心の中にスキャンしたからである。そのうち二つは淫らな詩だが、ツェランがその語を使わなかったら患者は決して「淫らな」という言葉を思いつかないだろう。

淫らな思考を追いかけることは、最後の使用可能なホルモンを自分の中から吐き出そうとする絶望的な試みだ。その目標に到達するために、心臓への一刺しを恋に落ちたしるしだと解釈し、うなじの腫瘍をそばにいようとする女性の手首として解釈する。戦争はとっくに過ぎ去ったが、家のドアはまだ焦げた味がする。あるいはそれはわたしの煤けた舌のせいか。木から炭への変化の過程を巻き戻すことはできない。外で火災報知機が鳴り始める。患者はベッドから飛び起きる。戦争はまだ終わってはいないのだ。彼はレオ＝エリックが貸してくれた本を胸に押しつける。下線を引いた語が戦争の混乱の中で失われてはならない。患者は小さな、汚れたままの窓ガラスを通してスリッパの形の雲を眺めた。見渡してもどこにも爆弾は見えない。患者は心も軽やかになって、医学書をひもとく。六ページに性に関する事柄がxとyの文字で説明されている。そのあと胎児を描いた絵が何枚か続く。医学は、染色体が直接胎児になるかのように扱うのだ。その間に起こることは説明しない。ツェランは胎児の説明を飛ばし読みしただろうか、それとも生まれる以前の状態まで遡ったかのように感じただろうか。

多くの詩人は自分の恋人の輝きをほめたたえてきたが、女性の「膨張組織」に言及しているのはツェランだけだ。心臓の鼓動が速くなり、血液がさらに激しく腹部と大腿部を通って流れ、絹のカーテンが膨らむと何が起こるか。医師たちはそれを「接合（コミッスール）」と呼び、ツェランもまたそう呼ぶが、それは「あなた」と「私」との間のあの交通をいうのである。道路の交通もまたひとつの交通であるが、このような考えはツェランにとって興をそぐものではなく、拒否されたときに残されたもう一方の道なのである。彼はそれを「進入禁止」と呼ぶ。本来は禁止ではなく、料金を払う人が通行を許される関税である。それは蛍だと彼は言う。なぜ蛍なのか。蛍はイタリア語でルッチョラ（lùcciola）といい、それは娼婦という別の意味もある。黄金虫の歌を歌ってくれた詩人の母は虐殺された。かけらの散らばる荒廃した身体の風景。泥人形は壊され、そのかけらは穀物畑の四隅に埋められた。これは豊作のための儀式である。女の人形の手足は引きちぎられ、人形は自分の墓を掘るのである。これは豊作のための儀式ではない、ひとつの立派な犯罪である。この人形はわたしだ。わたしのクラスメイトたちがこの人形を粉々に壊した。わたしが偶然の犠牲者だったのかそうでないかは、確かめることさえできなかった。それ以来わたしは休憩時間のあいだトイレに閉じこもり、毎日学校がひけると別のまわり道をして家に帰った。わたしの安全対策が完璧に機能したのか、あるいは誰もわたしをずっといじめようとするつもりはなかったのだ。わたしはまだ生きているが、母はもうこの世にいない。

患者は軽い痛みを感じる。尖った本の角（かど）が左手首の関節を圧迫している。「脳の外套（マント）」という語が思い浮かび、慌てて彼は本のページをめくり、どこにあったのかを正確に知っていたかのようにすぐその語を見つける。ツェランはその語に下線を引き、レオ＝エリックの祖父もそこに下線を引き、いま患者がそれを読み、解釈し、仲介する番になった。

脳は人間の冷たさから身を護るために外套をまとっている。わたしは脳をむき出しにしてほっつき歩いたりはしない。だからあらゆる学会に出かけて行って、自分の脳の内側をスクリーンに投影する人に比べて危険は少ない。講演の後でわたしはほかの参加者と一緒に食事に出かけないが、だからといって、口に残った厭な味をすすぐために、学会の開催地でひとり飲みに行ったり売春婦を買ったりすることはない。蛍たちは河岸にいるのだろうが、そちらの方向には行かない。わたしは部屋にとどまり、自分の肝臓を第七の天に捧げることはしない。突然、解剖学の本から漂ってくるツェランの体臭を不快に感じる。詩人は胆汁で男性のミルクを製造し、彼の視線はある女性の腰のカーブに沿ってよろめきながら進む。実際にはそこに彼女はいないのだが。なぜ彼はひとりでいるのか。彼は誰も耐えることができない怪物的な存在にされてしまった。孤立は偽装された死罪だ。ある怪物に変身させられることは罪なのか。ヒポクラテスは、病気は神の下した罰ではないと言った。それは病人に無罪の判決を下す医学の最初の一歩だ。

わたしは生け贄の動物ではないし、解剖学の本は屠殺場ではない。六〇年代に描かれた図版は地味な薔薇色に彩色されていて控え目な装いである。心臓、肝臓、脳などの図版を見ていると心が和む。ツェランもまたこの解剖学の本を、子どもがベッドで絵本を読むようにめくっていたのではないか。魔法使いや魔女や怪物は眠っている人を大量殺戮の悪夢から守ってくれる。

解剖学はどの器官にも決められた指定席があるという、安心のできる規則を示してくれる。おまけに肝臓はただ肝臓としてあり、それ以上でもそれ以下でもない。その使命は解毒することであり、暗闇の中でランプも時計もなしに精確な仕事をする。人は自分の肝臓も、話し相手の肝臓も見ることはできない。もし突然たくさんの肝臓を同時に見て、自分の肝臓を十七番目のものに数えるようなことになれば、わたしの魂は空中に浮遊していることだろう。大量の血を流す切り開かれたお腹であふれた戦場の上空をわたしは飛ぶことになる。わたしは禿鷹と天使の間を飛び、大気の渦を逃れることができずに、最後の力を振りしぼって死体を数えようとする。[149]

ツェランの詩と「十七番目の肝臓」は、漠然とした不安を追い払おうとして、さまざまな種類の爆弾に興味を覚えるようになった少年の状態に患者を連れ戻す。患者が生まれたとき、第二次世界大戦はとっくに終わっていた。にもかかわらず彼は戦争の兵器とともに成長したという感覚を持ち、「霰(あられ)の粒」[150]や「二十日大根」のような爆弾のあだ名やツェランの詩に出てくる「十ツェントナー爆弾」[151]にも通じている。冬の夜、パトリック少年は粗大ゴミの山の中から見つけてきた戦争小説を読んで過ごした。少年は燃え上がる町にのめりこみ、本を閉じてベッドに入ったとき、突然不安に、「リンの不安」に囚われた。眠れぬ夜々、彼はひそかに家を抜け出し、近くにある小さな公園のブランコに座って宇宙の毛細血管が見えるまで暗い空を眺め続けた。第二次世界大戦中、ドイツ人とイギリス人によって投入された白リン弾[152]は「クリスマスツリー」というニックネームで知られる。無数の白い糸がピラミッドの形をして地面に降ってきたのでこう呼ばれた。リンという物質は人間の皮膚にくっつき、骨髄にまで達する、緩慢な苦痛に満ちた火傷をもたらした。この点でクリスマスツリーは、爆発した核爆弾が引き起こす茸雲とはっきりとした類似性をもつ。詩集『光の圧迫』にツェランは「あるアジアの兄弟へ[153]」という詩を書いた。死をもたらす空の光は、詩人の死後もさらなる苦痛の子午線を引き続けている。

ある日患者はラジオを聞いて、白リン榴弾がイラクに投下されたことを知った。アメリカ軍は烈しい国際的な非難を浴び、その武器を慣例通りに使用したのではなく、ただの燃料として用いたと説明した。彼らはそれを用いることによって誰も殺さず、より正確に攻撃ができるように町を明るく照らし出そうとしたというのだ。リンは酸素に触れると発火するので、白リン弾は起爆装置を必要としない。

患者はあるとき、戦争小説を読んだり武器のことを学んだりするのをやめた。彼は不要になった本とノートを本棚の一番上の奥に押し込み、埃(ほこり)にまみれるにまかせた。ベルリンに引っ越すとき、彼はこれらの本を一冊も持って行かなかった。数冊の本だけがなんとかスポーツバッグに収まった。シュニッツラー[154]、ムージル[155]、ベルンハルト[156]を持ってきたことが思い出される。彼の弟は戦争小説と武器に関する本を本棚に見つけた。両親から攻撃的なコンピューターゲームを禁じられてから、彼は兄の残したこの遺産とともに孤独な夜を過ごした。そのうちに弟の方が爆弾に関して兄よりも詳しくなり、ソドム＝ベルリン[157]を燃え上がらせるために自分でいくつかの爆弾を作り上げたとさえ主張している。

爆弾の形はサメやイルカやクジラの体型からインスピレーションを受けている。だから三つの落下していく爆弾が三頭のクジラに似ているのも不思議ではない。屋外を歩いていて、爆弾の影が自分の足元に映っているのを見ると患者はパニックに陥って、防空壕を探し始める。目立たない金属製の扉をもつ地下鉄の駅がある。[158]閉められた扉の後ろには永遠の健康のための泉がある。患者はそれが防空壕のしるしであることを知っているが、門番から追い返されてしまう。誰もがそこに隠れることが許されているわけではない。なぜあなたはわたしを中に入れてくれないのだろう。限られた数の席しかないので、どんな基準が適用されるのかはともかく、患者は多数の代わりに生き残る価値のある人間には属していないのだ。ある人が別の人に比べて生きる価値が少ないという考え自体が、人権に対する無知を証明している。そしてこのことがまた、彼が民主主義社会にとってなぜ役に立たないかという理由にもなっているのだろう。

患者はできるかぎり外出しないようにしている。新鮮な空気がどうしても吸いたいときは、まず空気がきれいかどうかを確かめる。空気がきれいであることはまれで、実際には絶対にない。口が石灰の味を感じると、踵を返して帰宅する。空にある球体が輝いているのを見ると、一番近くの地下道に飛び込む。ますます多くの人が彼のように行動するようになっている。「二人精神病（フォリ・ア・ドゥー）（folie à deux）[159]」。ツェランはどの二人の人間を想定していたのか。詩人と読者であろうか。健康な人なら誰でも知っているように、不安は感染する病気である。通りの草木は剃ったように丸坊主にされ、きれいに掃き清められている。自分自身の防空壕を持っている市民もかなりいるが、その建築費用は問題なく税金から控除できるのである。患者は自分が購入した詩集を専門書として税金から控除することはできない。とりわけ彼には所得税を払えるだけの十分な収入がない。いつの日か彼の収入も五桁の額に達して、医学の専門書を詩集として税金から控除するかもしれない。

「頭から突っ込む（ケプフェルン）」という言葉が患者の頭から離れず、三秒おきに最大音量で響き渡り、一刻も安らぎを与えてくれない。ツェランの「迂回路の切符」以外に使われることはほとんどないので、「ケプフェルン」という語はこの詩の中にとどまっていた方がいいだろう[160]。患者の犯した重大な誤りはおそらく、抒情的な迂回路を見つけずに防空壕への一番の近道を探していることである。地下室が彼のわが家になることはありえない。サーカス小屋にいるほうが大事に保護してもらえるだろう。そこでは「ケプフェルン」という語が必要とされ、そこではクジラは爆弾ではなく決して溺れない哺乳類である。パトリックは突然、パリに行き学会に出席する決心をする。それは彼の義務であり、運命であり、最初で最後の舞台なのだ。テーブルの上には新聞が広げられている。彼は頭から突っ込むクジラの小さな写真を見つける。あるいはそれは動物ではなく、爆弾なのか。いやそうでもない。それは今まさに墜落しつつある飛行機だ。自爆テロか。違う、事故だ。パリ行きの旅客機には技術的な問題があった。人為的な問題の大半は、あとになって技術的な問題だと解釈される。身元の判明した遺体には十七人のドイツ人が含まれる。長い節制の生活の後ようやくまた休暇に出かけようとしていた二家族、数人のビジネスマン、それにパリの学会に参加しようとしていた一人の若い学者。つまり、『糸の太陽たち』について話すわたしの試みは学会開催地に到着する前に座礁していたのだ。そんなことは予期していなかった。むしろわたしが予測していたのは、講演の後、誰かに殺されることだった。ある者はわたしには十分な状況証拠がないと批判するだろう。二番目の者はわたしが十分に考慮しなかった重要な視点を少なくとも十七はあげつらうだろう。三番目の者はわたしを反ユダヤ主義者として、四番目の者は政治活動家として罵倒するだろう。しかし最悪なのは五番目の者だろう。数年前、若い中国のドイツ文学者が非常に酷似した学説を発表したらしいという理由で、彼はわたしが精神的遺産を剽窃したと非難するのだ。彼はのちにベルリンの通りである極右主義者によって殴殺された。人はわたしがその殺人をもくろんだのだとその罪を擦りつけるかもしれないし、あるいは弟に不利な供述をするようわたしを強制するかもしれない。機能しないすべてのコミュニケーションが胸のポケットに果物ナイフを隠し持っている。どんな武器ならわたしは自分を守ることができるだろうか？　この手に手術用メスを握っている。それで誰かを傷つける前に、わたしは冷水に飛び込んで理性を取り戻さなくてはならない。わたしはクジラに変身し、頭から突っ込む。惜しいことを、とあるジャーナリストが書く、あの若き学者には前途洋々たる未来が開けていたというのに。わたしの上司なら、あいつはナルシストだから最後に有名新聞に載る目標を達したわけだ、と誰に対しても語ることだろう。わたしのセラピストなら、飛行機事故だったら誰も自殺だったとは思いつかないのに、と言葉には出さずに考えるだろう。でも彼はわたしより先に命を絶ってしまった。彼はもう考えることはできない。どうすればわたしは自分の死と彼の死を時間の軸に沿って並べることができるのだろう。

　突然、事態は好転する。パトリックは深い海底から海面まで上昇し、太陽を眺める。まだ一七時だ。いつのまにか眠り込んでしまったに違いない。肉体は何かを始めようとする歓びと力で漲っている。黴臭いベッドはすぐ抜け出されることを欲し、窓は開け放たれることを望んでいる。行動をするために人はきっかけを必要とする。それは一回の瞬きかもしれないし、ひとつの合図か言葉かもしれない。柔らかな風のひとそよぎでも十分。最初の詩はひとつの瞬きで[161]ある。それを無視するのは憶病、ものすごく憶病だろう。起き上がり、心を集中させ、外の世界に垂直に入って行け！　『糸の太陽たち』の最初の声はそれ以上を求めない。人生は一篇の詩のように透明なのかもしれない。起きて、注意を集中する。わたしはもう目を覚ましているのか、古い夢の中でちょうど第一幕から第二幕へ動いていくところなのか。ここでは誰が指揮者なのか。誰が作曲家なのか。「誰が支配しているのか？」[162]ひとは自分自身の生活の主にならねばならぬ。でもそれは患者にとってほとんど不可能に見える。もう子どもの時から彼は自分のおもちゃのトラクターを「わが同僚」と呼び、テディベアを「教授」と呼んでいた。両親はわが子の豊かな語彙にうれしくなって、子どもとその所有物の関係を心配しなかった。患者は事物の社会の中で幸福を感じ、それらの主人となろうとは思いもしなかった。様々な事物は生きている一方で、生きている子どもたちは彼にとってあまりにも予測のつかない、危険な存在だった。パトリックのニックネームは「パティ」といったが、どこかよその国、たとえばチベットかバスク地方で学校に通うのが夢だった。そこにはまったく別の言語があるはずだと考え、それを学びたいと彼は思った。小さな少年のときパティは恥ずかしがり屋で憶病だった。青年になると彼の顔つきは変わり、人と打ち解けない一方、自信に満ち溢れていたが、実際には無防備で傷つきやすかった。彼の延長された血管は空中にはためいていた。切れ目を入れられると、すぐに血が噴き出した。むき出しになっている神経とリンパ管を再び体内に回収することは難しかった。パティはむき出しの魂の糸のために防護服を作った。その衣服はネオプレン素[163]材ではなく普通の言葉から作られていた。「首（Hals）」という語を彼はマフラーのように首のまわりにゆるく巻きつけていた。手袋として「手（Hand）」という語をはめた。「シャツ（Hemd）」と「ズボン（Hose）」はともに四文字からなり、Hで始まる。彼の帽子は彼の脳だ。「髪（Haare）」は五文字の長さに伸びた。数字と綴りは脳を支え、得体のしれない不安から気をそらしてくれる。こうした遊びは個人的な神秘主義の装いをまとっていた。その知識を深めるために、彼は多かれ少なかれ歴史上の神秘主義者に関する古書と新刊書を縦横無尽に読み漁った。ゲルショム・ショーレムの著作を読んで、彼はユダヤ神秘主義とは危機の産物だとみなされうるということを知った。パトリックが望んだのは秘儀でも陰謀論でもなく、彼が神秘主義だとみなしたものだった。このようにして彼は抒情詩にたどり着いた。

　これ以上身長が伸びなくなってからベルリンにやってきたパトリックは、腕時計を失くしてしまい、携帯電話を持つことを拒否し、もはや肉を口に入れなかった。個人的な神秘主義は罠だった。数と文字に過度に取り組むことは彼のリビドーのすべてを必要とした。彼は自分を誘惑しようとする若い娘には関心をもたなかった。彼の肉体は文字という錫の兵隊に占領されており、彼らの武器は固い数字だった。たとえば「睾丸（Hoden）」はHで始まるが、文字数は五つであって四つではない。それは四文字しか場所を与えない「ズボン（Hose）」や「脳（Hirn）」には納まらなかった。パトリックはゼミへ向かうとき、身体の一部を露出しないではいられなかった。七文字からなる「お尻（Hintern）」もそうだが、四文字からなるズボンの中に十分な場所を見出せなかったのだ。夢の中で彼は市庁舎の前に立っていた。きちんと髪を櫛でとき、髭を剃って。けれども下半身をむき出しにして。

　いつのまにか彼は数えることをやめ、数えることのできる文字の格子から自分を解放して夜は踊りに行こうと思うようになった。彼は気楽にする術を身に着けようとし、こう言いたかった。「まあ、気にしないことだ、三文字しかないんだったら、しかたがないさ！」当時セラピストは彼に、柔軟性のある人になりなさい、と言った。この忠告は月並みで実行するのは容易なように思えた。ただ一つだけ患者に引っかかることがあった。「柔軟性のある」という言葉は、「活動的な」とか「コミュ力のある」のように、定職を見つけた人のためのものだ。患者は未来永劫けっして雇われることはなかった。いや彼は一度だけ半分の職を得たが、ただしそれは袋小路だった。研究所の廊下には窓がなく、彼の研究室は、なじみのない本がぎっしり詰まった本棚のある直立独房だった[164]。慰めのない壁とにきびだらけの廊下の天井は病院の内部のように冷たく照らし出されており、廊下に足を踏み入れた院長先生がごてごてしたバロック調で話し始めると、びくびくした助手たちのちゃらちゃらした思考はすぐに聞こえなくなった。院長先生は医者ではなく独文学者（ゲルマニスト）だったが、診断を下すのが好きだった。「ツェランはナルシストであり、すべての批評家は自分をすぐに賞讃するだろうと考えました。でも実際はそうならなかったので、彼は傷ついたのです。ツェランは歴史の汚点がついた古い絨毯を広げて伸ばし、その汚点に責任のある人も含めたすべての客が、熱狂して自分の詩集を買うと信じていました。彼には何が求められており、何がタブーであるかを見分ける能力が欠如しており、悪意のない無知すべてに対して過敏に反応したのです。彼は自分を愛していました。そうでなければ彼は、汚いかさぶたに引っかき傷をつけてやった相手が心をこめて自分を抱擁すると信じられたはずがありません」

　院長先生はさらに話し続けた。もう誰も彼を止めることはできなかった。彼の見解はますます常軌を逸し、ますます容赦なくなっていった。「ツェランは『息の転回』以降、もはや声を持っていませんでした。彼は誰も知らないに違いない概念や地名を使って教養のある市民を挑発したのです。たとえばポー（Pau）[165]！　注釈なしにただポーという言葉を使う人は、礼儀を知らないプー太郎かパーな外国人だけです」

　パトリックは上司に反論しなかった。しかしツェランの後期の詩について研究しようと密かに誓った。ポーはツェランが訪問した場所であるだけではない。P－A－UはPAUL（パウル）という名前の最初の三文字だ。そのことをパトリックの上司であるこの高名なゲルマニストは見抜けなかったのだ。いつの日かパトリックは、詩人のすべての文字には意味が隠されているのだと提唱する講演を行うことだろう。

　別の機会に院長はツェランの情事を彼のナルシズムの証拠として指摘した。特に彼がベッドの上の情事を、「詩篇」という高い文化と同じくらい重要なものとみなしたことについてである。「〈痙攣（シュパスメン）、わたしはお前を愛す、詩篇（プサルメン）！（Spasmen, ich liebe dich, Psalmen!）[166]〉この男はなんてナルシストなんでしょう、自分のオーガズム、つまり精子（シュペルミエン）（Spermien）と詩篇を関連づけるなんて！」パトリックは人を愚弄するようなこの解釈に反論したかったが、彼の声がついてこなかった。

　院長はそれ以上ツェランに関して非難すべきことが思いつかなかったので、こう言った。

「シュテファン・ゲオルゲはナルシストでしたし、ゴットフリート・ベンやゲオルク・トラークル[167]もそうでした」。ナルシストのリストに院長はスター学者たちの名前を補足し、続けて自分の同僚たちの名前を追加した。ナルシストに認められる特徴として、目立って頻繁にほかの人たちをナルシストだと罵倒することがあげられる。この錯乱のさらなる明確な特徴は、その狼狽した者に陳腐な交通規則を無視する衝動があることである。そのことをパトリックは、場の雰囲気を和ませるためにときどき冗談を言うセラピストから聞いて知っていた。そのなかでもパトリックが一番よく覚えているジョークとは、雪の中のナルシストの話だった。はげしく降る雪の中を一人のナルシストが時速一二〇キロメートルで高速道路（アウトバーン）を走っている。ふと目に入った標識には、降雪の際は時速八〇キロメートル以上で走行するのを禁じると書かれてある。しかし彼は速度を落とさない。なぜなら標識とは、自動車を正しく運転できない人のために作られたものだと考えているからだ。彼はアクセルを踏む。誰も自分が平凡な人間に属しているとは考えないように。セラピストは言う、雪の例は危険がないように聞こえるが、極端なナルシストにとっては交通標識と刑法二一一条[168]の間にはほとんど違いがないと。もしそれが彼にとって政治的に、あるいは道徳的に経済的に意味があるように思えるのなら、彼は顔色ひとつ変えずに人を殺すだろう。

二月の初めだった。院長は助手のパトリックを車でハノーファーからベルリンに連れて行った。途中、雪が降り始めた。パトリックは、雪が降るのはツェランのどの詩だったか思い出そうとした。恐れていた交通標識が現れると、院長はアクセルを踏んだ。そのとき彼は、家族のことを心配せずにフリーの作家として生計を立てようとする人は、利己的でナルシストに違いないと言った。パトリックは、ははん、もしかするとこの声望のある教授は若いころは詩人になりたかったのだろうか、と思った。彼の憎しみは、おそらく仮面をかぶった妬みであり、もっぱら男性詩人たちに向けられたものだろう。しかしそれは誤りだった。彼の途方もない憎しみはひとりの女性インゲボルク・バッハマンに向けられていたのだ。いつだったか、院長は博士課程の院生や助手たちといっしょに、「永遠の都市」という名のイタリアン・レストランに座っていた。パトリックは実は同行したくなかったが、残念ながら断り切れなかった。院長はローマの学会のことを話し、藪から棒にバッハマンを診断し始めた。「彼女の人格には欠陥がありました、完全に崩壊していたのでツェランとうまく合ったのです」。パトリックは初めて自ら行動を起こした。彼は延々と続く悪口の説教を早めに終わらせるために、ひとつ素朴な質問をした。「あなたはネリー・ザックスをどう評価しますか」。教授は明らかにほとんど女性経験がなさそうに見える後輩を軽蔑したように見下して答えた。「ネリー・ザックスなんて論外です。彼女が女性であったためしなどありませんからね」。パトリックは立ち上がり、「永遠の都市」を飛び出すことによって助手の時代に終止符を打った。「砂の城」のようなキャリアは彼の背後で音もなく崩れ落ちた。

6　ミイラの跳躍[169]

遠くで誰かが歌っている。女性の声だ。その音色には聞き覚えがあるが、メロディーはいつもと違う。なんといっても驚くべきなのは、パトリックが追っていけるメロディーがあることだ。その声はパトリックにいつも過大な要求をする途方もない高さでふるまうのではなく、到達可能なところにとどまっている。ただ言葉だけが掴むことができない。一つの単語がどこで終わり、どこで始まるのか。もしかするとチェコ語かもしれない。どの音にも八分音符にも、それどころか十六分音符にも感情を押し込めたり、吐き出したりする瞬間がある。どんな小さな音符も小宇宙を形成していて、次々と新しい宇宙を生み出してゆき、大きな息の波によって未来へ運ばれてゆく。中断はなく、休止のしるしがあるところでも、息を聞き続けることができる。

月がたったひとりの聴衆だ。耳を澄まし、音を吸い込んで、どんどん丸くなっていき、ついに夜空に爆発する。ルサルカ[170]。月の黄金の雨が女性歌手の髪の上に降り注ぎ、彼女の顔が輝く。

しかし次の瞬間、音を生み出すことが難しいかのように、顔は苦痛に歪んだように見える。彼女は肖像画の上では美しい顔を保つことができるのに、舞台の上では静止した美をすべて諦め、大勢の観客に向かってむき出しの、ギラギラとした色彩が叫んでいるような筋肉を見せなければならない。ソプラノの歌声は洗練された叫びである。その歌い手は、声帯のあらゆる筋とそれにともなう精神のあらゆる繊維を制御する高度な技法を身に着けている。彼女は動物的な深みから叫び声を引き出すことができる。それが音楽になる。彼女は、死を知らない月に向かって歌う。パトリックは次の瞬間には、時間のちょっとしたウインクによって消えてしまいかねない月の影にすぎない。彼はドヴォルザークに月の時間を引き延ばし、可能なら、最後の音を出さないように懇願する。歌が夜空を満たしているあいだは、パトリックはまだ生きることができる。月はゆっくりと薄れてゆき、静寂が眠っている人を目覚めさせる。

パトリックは汗でぐっしょり濡れたシーツから抜け出して、まっすぐジャケットに向かい、ポケットの中をまさぐった。名刺がまだ入ったままで、ジャケットにはその主がたった今出て行ったかのような人の温もりが残っていた。彼がベッドで輾転反側し汗をかいた間に、もう何日経過したのかしれないというのに。額はまだ汗で濡れており、パトリックが手の甲でそれを拭うと、その下に妙によそよそしい頭骸骨が感じられる。頰も喉も焼けるように熱く、肺は砂袋のように重そうにぶら下がっている。彼は台所に一つしかない椅子に腰を下ろす。今かかりつけの医者に行けば、もしかすると入院させられてしばらく外界から隔離されてしまうかもしれない。その前に何としてもレオ＝エリックに会って話がしたい。点（つ）いたばかりの友情の灯を消してしまわないように。この前、二回もこの友人と偶然カフェで会うという僥倖（ぎょうこう）に恵まれた。今回は偶然をあてにすることはできない。パトリックは名刺に書かれてあった電話番号にかけてみた。二回ベルが鳴った後、バリトンの声が答える。

「中国文化研究所です。何か御用でしょうか？」

パトリックはレオ＝エリック・フーのことを尋ねる。答えは色のない沈黙だった。パトリックはその名を繰り返し言い、あえて冗談を言う。

「ちなみにわたしの好きな詩人も同じ名前です。ドゥ・フー（杜甫[171]）です」

「彼はすでに千三百年前に死にました」

「ええ、知っています。わたしは杜甫と話がしたいのではなく、レオ＝エリック・フーと話したいのです」

「こちらにはそのような名前の人は働いておりません」

「そんなはずはありません。彼はわたしに名刺をくれたのです」

「残念ですが、お役に立てそうもありません」

パトリックは電話が切れていることに気づくまで、数秒かかった。心臓は徐々に速く（アッチェレランド）、徐々に強く（クレッシェンド）高鳴り、住居全体が一緒に鼓動している。この研究所が実際に存在し、番号が正しいのか、今まで確かめる機会がなかったのだ。研究所が確かに存在し、電話番号も合っていることは今わかったが、レオ＝エリックはそこで働いてはいない。あるいはこの名前は中国人っぽい響きはしないので、彼はここに勤務しているものの、レオ＝エリックという名前ではないのかもしれない。むしろどこかしらユダヤ的、フランス的、あるいは虚構の響きがする。友情のどの部分がフィクションなのか。パトリックはジャケットを着て、名刺をポケットの奥にしまいこみ、家を出る。彼は右に曲がり、それによって常に左に曲がるという鉄則を破ってしまう。パトリックは数週間前から足を踏み入れなかった地下（アンダーグラウンド）の駅の地獄に下りていく。まさにその瞬間を待ち構えていたかのように、電車がすぐに入ってくる。窓ガラスの後ろの運転手は影のように見え、彼の目はどこにあるのかわからない。ひょっとすると彼はあまりにも眠くて、人に見られたくないのかもしれない。ドアが自動に開く。座席はからっぽで、曇った窓にはひっかき傷があり、ビールの臭いも香水の匂いもしない。彼は以前なかった新しい駅で降りる。文化研究所の建物は洗練されたひと気のない通りにある。門のオーナメントは冷やかし半分に中に入りたくなる気持ちを起こさせるものだが、鉄の取手は微動だにしない。ちっぽけなベルの押しボタンの上には紙切れが貼ってある。とくに研究所の堂々とした建築に比べると、それは一時しのぎで公のものではないように見える。その紙きれは感情を挟まず、当分の間文化活動は開催されないと伝えている。

　パトリックは地下鉄の駅に戻ろうとして向きを変えるが、にわかに自分の目を信じることができない。正面から彼に向かって歩いてくるほっそりとした男は、レオ＝エリックではないか。

黒いスーツを着て、絹のネクタイを結び、高貴な革靴を履いた彼はベルリンにしてはフォーマルすぎるいでたちであり、これからお葬式に行く人と勘違いされてしまいそうだ。

「こんなところで何をしているの？」

明らかにレオ＝エリックは驚いた様子で、少し当惑している。一方のパトリックは嬉しさのあまり踊るような仕草をする。彼は両腕を前へ差し出し、すぐ恥ずかしそうにひっこめたが、改めてハグをするために手を伸ばす。しかしそれも空振りに終わる。レオ＝エリックの睫毛(まつげ)には悲哀が宿っており、不安げに目をしばたたかせたが、嬉しさの染み通った声でこう提案する。

「この近くにチベット料理の軽食堂(インビス)があるんだ。そこに行こう。仕事の方は少し手を放しても大丈夫だから」

レオ＝エリックはなぜパトリックがここにいるのかなどとは尋ねない。二人は言葉もなく肩を並べて歩き、薄暗い小路を右に折れ、小さな店に入る。テーブルに座ってもレオ＝エリックは依然として友人に何をする予定かを尋ねない。彼の質問はもっぱらメニューに関してである。パトリックはどの質問にも深く考えもしないで「はい」と答える。というのは、人生は今、茸のあるなしにかかわらず素晴らしく進んでいくからである。彼はある時期、ふさぎ込んだ気分に対して人工栽培された茸を摂らねばならなかった。チベット風マウルタッシェ[172]はどんな幻覚剤の味もしない。油で揚げてあるか焼いてあるかも重要ではない。肝心なのは、この友情がフライパンの劫火を潜り抜けたあともその風味が損なわれないということである。もしレオ＝エリックが本当に中華人民共和国の外交官として勤務しているのなら、チベット料理の軽食堂（インビス）で食事をするだろうか。この疑問もパトリックにはどうでもよかった。彼はいま食卓に運ばれてくるものを全て平らげるだろう。彼の脳が至急求めているのは脂っこいものであり、音楽は淡泊なものであってはならず、抒情詩もまた十分な滋養分を必要とするのだ。彼は自分の声で歌うつもりはなく、ある音楽が聞こえてくるまで詩について語るつもりだ。それこそ彼が行おうとし、産み出そうとしていることである。突然彼は、この会話のために準備ができていないことに気づく。

「申し訳ないけれど、あの本は持ってきていないんだ」

「どの本のこと？」

「きみがぼくに貸してくれたあの解剖学の本」

「好きな間、手元に置いていて構わないよ。きみのお腹がすいていることの方がもっと重要だよ」

「うん、お腹はすいているよ。今日は、辛い肉体労働をしなければならなかったものだから。夢の中のことだけれど」

「誰の夢を見たんだい？」

「ある野蛮な女嫌いの人の夢だよ。そもそも男のぼくに危険はないけれど、制御のできない不安、リンの不安に晒された。次々と投下される爆弾の夢も見たんだ」

窓ガラスを通して澄み切った空が見える。それはパトリックにとって青いというより、むしろ空（くう）に感じられる。爆弾の影も見当たらない。料理包丁がまな板の上でリズミカルな音を刻んでいる。油がジュージュー音を立てている。彼らは二人の健康な若者のように小さなテーブルをはさんで向き合っている。二人は細かく刻まれ、こねられ、油で揚げられたものを口に入れ、ときどき笑ったり、「そうそう」と頷きあったりするのだろう。

「最初に会ったとき。きみは否定の樹（ナイン・バウム）について語ったよね」

パトリックは言う。彼は突然その樹を思いついたことに自分でも驚きを隠せない。一方、レオ＝エリックはまるでこのテーマを予想していたかのように黙って頷く。

「そうそう、私のお気に入りの樹なんだよ。「否定（ナイン）」は打ち消しているにもかかわらず、柔らかい言葉だね。「誰でもない者（ニーマント）（Niemand）」は透明人間。決して（ニーマルス）（niemals）先に待ち受けている未来を保証する時は来ないだろう。「どんな砂の芸術もない、どんな砂の本もない、どんなマイスターもいない」[173]という詩は知っているかい？」

「ええ、もちろん。『息の転回』に収録されている。ぼくは『息の転回』を分析するつもりはないけれど、この詩集はツェランの詩作においてコペルニクス的転回として位置づけられるんだ。これなしに『糸の太陽たち』は考えられない」

「じゃあ、きみはこの詩の最後の数行も知っているよね。綴り字が少しずつ抜け落ちてゆき、まずは「雪のなか深く（Tief im Schnee）」とくる。ただしこの三つの単語は続けて書かれている。Tiefimschnee。それからtとschが消えて、新しい語「いーふぃむねー（Iefimnee）」が現れる。それからさらにe、f、m、n、eが消えてハイフンでつながれた三つの綴りからなる語が残る。I-i-e。iieが何を意味するか知ってるかい？」

「いいえ」

「そのとおり」

「なんだって？」

「iieという言葉は、いいえという意味なんだよ」

「中国語なの？」

「いや、日本語だよ。私はパリのある日本人女性を知っているが、彼女の父は川石酒造之助（かわいしみきのすけ）[174]のもとで柔道を学んだ」

「だれなの、そのミキ……とかいう人は」

「モーシェ・フェルデンクライス[175]の柔道の先生だよ」

「ああ、フェルデンクライスね。彼の下でツェランは治療を受けた」

「そうそう、フランツ・ヴルムが彼を仲介したんだ。カワイシは講習では日本の数や概念を使わないことで知られている。だから、イイエという語が柔道の先生からフェルデンクライスを経てツェランに伝わったことはあり得ない。でも私が考えていることがお分かりかな。自分の注意力をそっくりそのまま文字と数字に捧げる人は、遅かれ早かれ星々や身体器官の秩序を横

176

断するようになる。鍼灸師がカバラに出会ったとしても、それは決して不思議ではないんだよ」

「それはぼくにもよく想像できる。フェルデンクライスとツェランは何について話したんだろう。彼は絶望していた詩人を助けることができたんだろうか？」

「助けることは難しい。治療することはもっと難しい。大きすぎる期待は忘れることにしよう。フェルデンクライスの先生が私と何をしたか分かるかい。私は両手の指を組み合わせるよう言われた。私の場合、右手の親指が自然と左の上に来る。次はその逆に、つまり左の親指が上になるように組み合わせる。でもとんでもない違和感に襲われるんだ」

「どういうこと？」

「間違った姿勢を固定してしまう実に多くの害のない習慣があるんだよ。ツェランは自分の両手で何か新しいことを試したのではないか、という想像が私には気に入っている。ツェランもまた本物の両手をもっていた。言葉やメタファーとしての手だけではなく」

パトリックは母の言葉を思い出す。どのように足を組むかは、遺伝子により決まっている。でもほかの習慣はどうか。彼の両親が決してウクライナについて語らなかったのも遺伝子によるのか。レオ＝エリックは突然尋ねる。

「モーシェ・フェルデンクライスがウクライナ出身だってことは知っていた？」

チベット風マウルタッシェはパトリックの箸からぽとりと膝の上に落ちた。レオ＝エリックはどうやってパトリックの両親がウクライナ出身であることを知ったのか。

「ウクライナのどこなの？」

この質問によってパトリックは間接的に彼がこの国に関係があることを証明する。

「スラブータだと思う。フェルデンクライスは幼年時代のことを語りたがらない。そこから彼はテル・アヴィブに移住し、それからさらにパリへ来た」

「柔道を学ぶために？」

「いや、柔道は彼のただの副業だった。彼は物理学者で、放射能が初めて人工的に作られたとき、マリー・キュリーやほかの重要な研究者と知り合った」

「フェルデンクライスについてよく知っているね。彼についても研究したの？」

「いや。でもマサというパリの日本人女性は、彼についてぽつりぽつり語ってくれた。会えば、彼女は滝のように神や世界について語りだす。特に好んで話すのは、自分の姑とオイゲン・ヘリゲル[177]とモーシェ・フェルデンクライスの三人の人物についてだ。マサは言った、フェルデンクライスは柔道の技術を自然科学者の視点から説明することができたと。このことは彼の弟子たちから歓迎され、フランスにおいて彼の名を有名にしたんだ」

「つまり彼は物理学者であり柔道家でもあった。面白い結びつきだね」

「柔道の教えは彼にとって学問とは矛盾しなかった。それでも彼にとって奇跡に思えるような瞬間があった。マサが語ってくれたあるエピソードを思い出すよ。かつてマイスター・カワイシはあおむけに横たわり、一本の棒を自分の喉の上に置き、その両端をしっかりと床に押しつけるように二人の弟子に頼んだ。その場にいたすべての人々が驚いたことに、マイスターはセーターを脱ぐようにやすやすとその棒の下をすり抜けたんだよ」

パトリックは、努めて平静を装おうとした。彼にとって自分の喉が押しつぶされる以上に恐ろしい想像はない。たぶん遠い過去にそうしたことが彼の身の上に起こったので、思い出すことができないのだろう。

今まで一度も見られなかった濃い影がレオ＝エリックの顔を覆う。パトリックはその理由を尋ねようとはしない。これまで質問をすることに気後れなど感じたことはなかった。しかしこの質問をすれば、彼が一緒に歌うことのできる唯一のオペラ作品に、突然、終止符を打ってしまうかもしれない。彼はほかのことを話さなくてもいいように、フェルデンクライスのテーマにしがみついた。

「鹿が子どもでいる期間はあまりにも短いので、間違った姿勢を身に着けることはありえない。ところがヒトはあまりにも長い期間を両親のもとで過ごすので、精神的にも肉体的にも歪められることがあるんだ。フェルデンクライスもそのことについて書いていたように思う。もし書いていなかったら、自分が考え出したことになる」

レオ＝エリックがくすっと笑うので、パトリックは説明のできない影の重圧から束の間解放され、語り続ける。

「人間が動物よりも残酷だとは、ぼくは思わない。普通のシロクマの父親は自分の子どもたちを認識せず、空腹になると食べてしまう。自然はしかし聡明だ。自然の摂理によって、クマの生活は、子どもたちがいつもシングルマザーの下で成長できるようになっているんだ」

「フェルデンクライスはきみのように悲観的ではなかった。それどころか彼は誤った姿勢が存在することも書いている」

「ああ、そうだった、そのとおり。ようやく思い出してきたよ。誤った姿勢があるのではなく、一人ひとりに異なった姿勢がある。それによって仕事をすることができるんだ。文明病は文明の重要な構成要素だ。あらゆる感情は筋肉の中に現れ、痕跡を残す。すべてフェルデンクライスの説に沿っているように聞こえるよね」

「そうそう、だから筋肉に個人的な思い出を読み取ることができるんだ」

レオ＝エリックは心ここにあらずで、言う。

「しかしわれわれは反射で動いている神経の束ではなく、ある言語、それもどんな言語でもよいのではなく、あるきわめて特別な言語を必要とする人間なのだよ。この言語はわれわれを治療できないし、治癒のプロセスを遅らせることさえある。ときおりその言語を、それが書かれてある紙からこの手に取り戻さなくてはならない。でもどうやったらもっとも効果的に実行できるんだろう」

「それについて、きみは私ではなくツェランと議論しなければならないよ」

「残念ながら、彼が亡くなってすでに半世紀が経つ」

「うん、でもわれわれだって死んでいないと、誰が言ってくれるだろうか？」

パトリックはびっくりして友人の顔を、目ではなく、額の真ん中を見つめる。レオ＝エリックの顔は少しずつ丸い円盤に変化していく。それは時計か、ＤＶＤディスクか、それとも月か。丸い顔は突然微笑み、黒い髪のついた楕円形に戻っていき、物分かりよく頷く。

「ひとつきみに美しい話をしてあげよう。マサは一度、糸かけ曼荼羅、あるいは糸の太陽と彼女が呼んでいるセラピーについて語ってくれたことがある。まず私の母が編み物に使っていたような木の枠を用意する。小さな番号を打った釘がその周囲に固定されている。数字の神秘的な配列にイライラしてはいけないよ。ただ色のついた糸を素数に引っかけていけばいいんだ。気がつけば木の枠の中に素晴らしく色とりどりの太陽ができ上がってる。ルドルフ・シュタイナー[178]が最初に考案したこのアイデアは、ヴァルドルフ学園のいくつかの学校で素数を学ぶために幾何学の授業に取り入れられている。今日、〈糸の太陽〉は日本で鬱に対するセラピーとして導入されているのだよ」

「きみは実際に〈糸の太陽〉というものを見たことがあるの？」

「うん、マサは自分の娘さんが作った実に美しい作品を見せてくれた。信じられないくらいたくさんの色とりどりの糸が互いに交差し、コロナ[179]のような美しいギザギザのある王冠を作っている。きみもそれを見れば、どんなもやもやした気持ちもすぐに吹っ飛ぶよ」

「ツェランは〈糸の太陽〉のセラピーに接近し、ことによったら自分でも試したことがあると思う?」

「たぶんなかっただろうね。でも精霊たちはいつも色彩豊かな、多言語の糸をわれわれの頭上に張り渡していて、われわれは彼らの活動をコントロールできないんだ」

レオ＝エリックは右手を友人の震える左手の上に置く。

「今日、きみに会えるなんて予想もしていなかった。だから別れも予期しない形にならねばならない」

レオ＝エリックは書類かばんから一枚の紙きれを取り出す。パトリックは四角い烙印[180]と読み取れない小さな文字を認めた。その烙印はバーコードの一つかもしれない。パトリックはレオ＝エリックの水晶の目を見なくてもいいように、せわしなく目をしばたたかせた。それは魔法のように魅惑的で、人間のものとは思えない。彼の声は、パトリックが全く位置を特定できない彼方から来ている。

「これはきみのパリ行きのEチケットのコピーだ。きみは学会に申し込み、もう飛び立ったんだ。新聞を読めば、何が起こったのかわかるよ。もしかするときみは、私がきみの書き物机の上に置いておいた新聞を見たかもしれない。時間を巻き戻すことはできない相談だ。時間はねじ曲がっており、そのねじれの中でわれわれは現実では起こらない別れを体験するんだ」

パトリックはグラスの中の最後の残り[181]を飲み干して立ち上がり、床にひざまずいて翼を広げた友人の背中の上に腰かける。その鳥の身体は羽毛布団のように柔らかく感じられる。特に温かいというわけではないが、目を閉じて思考のスイッチを切って運ばれて行くのは心地よい。パトリックは自分の歌うパートを締めくくった。これで文字と数を分類するのをやめることができる。もう歌おうとしなくていいのだ。というのは彼が今入っていこうとしているのは音楽を関知しない時間だからである。

訳者によるエピローグ

関口裕昭

パトリックはフーッと一息ついた。落ち着け、落ち着くんだ、と自分に言い聞かせる。今、二番目の発表者が発表を終え、拍手に包まれながら、会場の自分の席へと戻っていくところだ。壇上では司会者によって次の発表者の紹介が行われている。彼の出番が少しずつ近づいてくる。

パリのツェラン学会の会場となったシテ・ユニベルシテの大講堂の隅っこの二列目の席に座って、パトリックはそわそわしながら自分の順番を待っている。そして観客席に知った顔はないかとちらちら視線をさまよわせる。おお、なんとレオ＝エリックがずっと後方に座っているではないか。向こうもこちらに気づいたみたいで、手でさりげなく合図をして、ウインクしながら、大丈夫、落ち着いてやれよと目で語りかけてくる。それからさらに観客席を見回してみると、黒いベレー帽をかぶり、シックな黒いドレスに身を包んだエリを発見した。あれほど、来ないで、と言っておいたのに。いや、今日は用事があるから申し訳ないけれど行けないの、と言っていたのはエリの方ではなかったか。

それにしても、とパトリックはしばしの間回想に耽らざるを得ない。あれは、五日前のことだった。発表原稿を最後にもう一度ゆっくりホテルで練り直すために、またパリにツェランの足取りをたどるために早めに現地に到着した彼は、その日、会場の扉に貼られたポスターを見つめていた。ほかにどんな発表者がいて、どんな内容について話すかを確認するためだった。そのとき、「あなたも発表するの?」と端正なドイツ語で背中越しに尋ねてくる声があった。振り返ると、小柄な、品の良い老婦人が凜と立っていた。それがエリだった。

近くにあった小さなカフェで話を聞いてみると、なんと、彼女は生前のツェランと親交があったのだという。パトリックは開いた口がふさがらなかった。そんな人がまだ健在だとは。ツェラン研究では、手紙のやり取りがあった人はもちろん、詩人の知り合いはほとんどすべての名前が判明している。マールバッハ文学資料館に残された資料を基に、多くの研究者が血眼になって調査し、ツェランが書いた手紙はもちろん、彼が受け取った手紙もすべてカタログ化されていて、その成果はいくつもの伝記研究に結実している。だからほんの二、三年前、ツェランが若いころに書いたベルリンの未知の恋人あての書簡五通がオークションにかけられたとき、世界中の研究者たちは色めき立ったのだった。ドイツの新聞もこぞってこの書簡を文化欄で大きく取り上げた。しかし、その年少の恋人ですら亡くなってすでに九年が経過している。

パトリックは恐る恐る彼女の名前を尋ねたが、それに対しては、本名は言えないの、エリと呼んでちょうだい、と繰り返すだけだった。エリの提案により、翌日の午後、パリの街を案内してもらうことになった。もちろんツェランの足跡を尋ねてである。心地よいそよ風が吹くセーヌ河畔の石畳の遊歩道を歩きながら、エリはここに昔ツェランと入ったアルザス料理のお店があったのよという。あそこに彼は立って釣り人を眺めていたわ。彼は釣りもするのよ。そしてロタ通りの、かつてツェランが住んでいたアパルトマンの前に立つと、ここにも何度か食事に招かれたわ、とつぶやいた。ジゼルはとても料理が上手で、ありあわせの材料から魔法のようにおいしい料理を作るの。まだ三つか四つだったエリックに黒いガラス玉の玩具をもっていくと喜んでくれてね。でもエリックがそれを落っことしそうになったとき、ツェランが素早くそれをキャッチして事なきを得たの。

エリの話からは、パトリックが聞いたこともない詩人のエピソードがポンポン飛び出してくる。ツェランはあの頃ジェイムズ・ディーンに夢中でね、映画もよくみていた。あの俳優をとても高く評価していたのよ。私が彼の家に行ったとき、ちょうど作家のコルタザールと話し込んでいて、彼が返すのを忘れた本のことに腹を立てていたわ……。どれも作り話にしては、出来すぎているし、よどみなく次から次へと泉のようにエピソードが湧き出してくるのである。話しているエリの紫いろの瞳は煙水晶のようにキラキラと輝き、その深い湖の底には溌剌としていた若き詩人がパリの街を闊歩しているかのように思われた。いったい、この女性は何歳なのだろうか。とパトリックは口には出さずにその顔を見ながら考える。詩人は今年生誕百年を迎えるので、いくら若かったとしても、エリはもう八十代後半だろう。もしかするともう九十代かも知れない。それなのに一時間半休みなく歩き続けても、少しも疲れた様子さえ見せないのだ。

しかしパトリックが、実は発表では二つのヴァージョンを用意していて、どちらにしようか迷っていると話すと、エリは急に神妙な顔をしてこう言った。学術的なことは私にはわからない。でも悔いのないようにすることね。思い切って、その実験的な内容の方にしたら、とそっと肩を押してくれた。

パトリックは『糸の太陽たち』について、詩人の精神の危機を反映した言葉が多くの文献からの引用によって、いわば外枠を与えられるようにかろうじて詩としての体裁をとどめていることを論証しようとしていた。しかしなかなかそれがうまくいかず、全く別の文体と形式で書き直した。それは学問的な代物とはけっしていえず、むしろ創作に近いもので、もしそんな発表をすれば、研究者としての自分の将来が断たれるだろうことも予想できた。けれども彼はそれをしなければならないという強迫観念にもとらわれていた。

そう、パトリックはあと十分もすれば話さなければならないこの期に及んでも、そのどちらにしようか決めかねているのだ。書類かばんの中にはその二つの原稿が別々の封筒にしまわれていた。彼は手をかばんの中に入れ、封筒がちゃんと二つあることを確認してホッとした。

再びパトリックは会場に視線を走らせる。すると、今まで気づかなかったのが不思議なくらい自分のすぐ後ろに、詩人自身が、つまりはパウル・ツェランがいた。そしてパトリックに向かって微笑みかけてくる。いや、いくらなんでもそんなはずはない。目をこすってもう一度凝視すると、四十九歳で死んだ詩人にしては老けすぎている。そこで、ははん、と納得がいった。これがご子息のエリックさんか。お会いするのは初めてだが、どこかで父とそっくりだというのを読んだ覚えがある。しかしその隣に、まるで彼のパトロンのように座っている巨大な男性に気づいたとき、パトリックは二度自分の目を疑った。フランツ・ヴルムである。彼とツェランの往復書簡集で写真が何枚も出ていたので、見間違いようがない。しかし、たしかヴルムは十年ほど前に亡くなったという新聞記事を読んだことがある。とすればここにいるのはいったい誰なのだろう。いや、ここはどこで自分は誰なのだろうか……。

パトリックはあの飛行機事故に関する新聞記事の切り抜きをかばんの中に持っていた。最初その記事を読んだとき、十七名が亡くなったと書かれてあった。ところが、おとつい何かの拍子にその記事がしまっておいた封筒からはらりと落ちてきたとき、死亡者の数が十六名となっているのがちらと垣間見えた。あれは単なる見間違いだったというのだろうか。事実を確かめるのが怖くなって、彼は視線をそらしたままその記事をそそくさと封筒にしまい込んだ。今それをもう一度確認しようか……と思ってかばんの中をまさぐったとき、大きな拍手が巻き起こり、彼は驚いてその手をひっこめた。パトリックの前の発表が終わったのである。間を入れずパトリックの名前が呼ばれ、紹介が始まる。席を立って、ゆっくり壇上に向かうパトリック。

壇上からパトリックはこれまで見たことのない光景を目の前にしていた。窓という窓から陽光が無数の糸の線のように射しこみ、会場は過剰な光で満たされていた。完全な沈黙が支配していた。そこに座っている何百という聴衆たちは石のように動かない。瞬きひとつせず黙って彼を見つめている。

彼はかばんの中から、一つの封筒を取り出す。どちらの原稿を選ぶにせよ、偶然はいかさまではない、と自分に言い聞かせながら。彼がつかんだ封筒は、アヴァンギャルドな内容の方だった。しかし彼はもう迷わない。咳払いをして、彼は自分の名前を名乗ろうとする。声は出なかったが、光のシラブルのような小さな輪がいくつも彼の口から煌めきながら会場へと流れてゆき、他の観客の口から出た輪と重なりながら、それらは漣（さざなみ）のように広がり、窓から遠い空へと旅立っていった。彼は会場にいる人々のはるか彼方、見えない無数の死者たちに向かって自分の原稿を読み始める。いや歌い始める。

訳注

＊ツェランの作品からの引用は次の版により、略号の後に頁数のみあげる。

NKG: Paul Celan: *Die Gedichte. Neue kommentierte Gesamtausgabe in einem Band*. Hg. von Barbara Wiedemann. Frankfurt a. M. 2018

（また特に頻繁に引用される詩集『糸の太陽たち（Fadensonnen）』からの詩については、（FS 73）などのように、略号（FS）の後に詩集における詩のおかれた順番も示した。）

PCⅢ: Paul Celan: *Gesammelte Werke in fünf Bänden. Bd. 3, Prosa, Reden*. Hg. von Beda Allemann und Stefan Reichert unter Mitwirkung von Rolf Bücher. Frankfurt a. M. 1983.

Briefe: Paul Celan. *»etwas ganz und gar Persönliches«. Briefe 1934-1970*. Hg. und kommentiert von Barbara Wiedemann. Berlin 2019.

PC/FW: Paul Celan-Franz Wurm. *Briefwechsel*. Hg. von Barbara Wiedemann und Franz Wurm, Frankfurt a. M. 1995.

PC/KND: Paul Celan-Klaus und Nani Demus. *Briefwechsel*. Hg. von Joachim Seng, Frankfurt a. M. 2009.

PC/Sachs: Paul Celan-Nelly Sachs. *Briefwechsel*. Hg. von Barbara Wiedemann, Frankfurt a. M.

1993.

また拙著に関しては、以下の略称と頁数のみをあげる。

『旅』：関口裕昭『パウル・ツェランへの旅』（郁文堂、二〇〇六年）

『評伝』：関口裕昭『評伝　パウル・ツェラン』（慶應義塾大学出版会、二〇〇七年）

『ユダヤの傷』：関口裕昭『パウル・ツェランとユダヤの傷――《間テクスト性》研究』（慶應義塾大学出版会、二〇一一年）

『翼ある夜』：関口裕昭『翼ある夜　ツェランとキーファー』（みすず書房、二〇一五年）

ツェランの詩はすべて訳者によって新たに訳されたものである。その際、飯吉光夫、中村朝子、生野幸吉各氏の既訳を参考にさせて頂いた。記して感謝いたします。また訳注を書くにあたり、『集英社　世界文学大事典』、『平凡社　世界大百科事典』をはじめとする多くの事典やインターネット上の情報を参考にしたが、それらを総合して記述したため、出典を明記しなかったことをご理解頂ければ幸いである。

1　歌うことのできる成長（Ein singbares Wachstum）：詩集『糸の太陽たち』に収められた詩「引き延ばされたこの日」（FS 73）からの引用。全文をあげると次のようになる。「引き延ばされたこの日(ターク)――／それは後世の／フン族の焼き菓子のために／幾千年も寝かされた生地(タイク)∥同じ歳月を経た／うっすらと泥をかぶったひとつの顎(あご)が／すべての先史を思い出し／それと自分自身に向かって歯を剔き出す〃酵母の詠唱(アリオーソ)に向かう／生物以前のものたちの／蹄の音――／焼き菓子のように美しい、歌うことのできる成長は／なおも上昇していく、〃影を持たない霊が／孤独を抜け脱し／不死の霊が／至福に／身震いする」(NKG, 254)。この詩は一九六七年四月三〇日、パリの大学病院の精神病棟で書かれた。忍び寄る精神の危機を、ユダヤ人迫害の歴史に重ね合わせている。フン族は四世紀から六世紀、中央アジアから東欧に住んでいた遊牧騎馬民族。ゲルマン民族の大移動の原因を作った。また第一次・第二次世界大戦時には、フン族はドイツ人のあだ名としても用いられたこともこの詩を理解する上で重要だろう。アリオーソは「アリア風」のことで、「レチタティーヴォ(叙唱)の途中、または終りに現れる旋律的な部分」や「短いアリア」のことをさす(『新音楽辞典　楽語』音楽之友社)。アリア(Arie)にはアーリア人(Arier)が重ね合わされているとも考えられる。

2　いかさまの印がつけられている(gezinkt):ドイツ語のzinkenはいかさまをするためにカードに印をつけるという犯罪者の使う隠語。ツェランはこの語を詩「いかさまの印をつけられた偶然」(FS 3)の冒頭で使っている。以下にその全詩をあげる。「いかさまの印をつけられた偶然、吹き払われない印、／何倍にもされた数が、不当にも咲き誇り／束の間近くで雨となって降る主(しゅ)が、見つめている、／嘘が七倍に／燃え上がり、ナイフが／ごまをすり、杖が／偽りの誓いをするさまを、／この／世界の／下には／すでに九番目の嘘が穴を掘っている／ライオンよ／歌え、歯と魂の／両方の固さの／人間の歌を」(NKG, 226)

3　マルメロのような鮮やかな黄色をした(quittengelb):マルメロはバラ科の落葉高木で、かりんに似た鮮やかな黄色の実をつける。ツェランは「外で」(FS 101-102)という詩の第一連でこれを用いている。「外で。マルメロのように黄色く／一片の半分の夕暮れが／漂流する船の斜桁から流れてくる。」(NKG, 264)

4　もし右に曲がるなら：右か左かという問題は、色や数と並んで、『糸の太陽たち』の隠れたテーマの一つになっている。たとえば「右側に」(FS 50) という詩の冒頭「右側に、誰が？　女の死者が。／そしてお前、左側に、お前が？」にも明らかである。こんなエピソードが伝わっている。妻のジゼルによれば、ツェランは羊が人間の右側を通り過ぎるか左側を通り過ぎるかによって、幸不幸が決まるという迷信にいつも固執していたという（新約聖書「マタイ伝」25・33を参照）。これはおそらく戦時中の彼の生死を分けた体験にさかのぼる。ツェランは日々過酷な労働を強いられていた労働収容所で「選別」が行われたとき、すなわち広場で点呼が行われ、一方の列がまだ労働者として居残ることができる側、もう一方がもはや労働力とは期待できないのでアウシュヴィッツへ送り込まれる側となったとき、いったんは後者の列に入れられたものの、点呼する将校のすきをついてもう一方に移動した。そうすると一方の列が一人多く、もう一方の列が一人少なくなる。そこでもう一度初めから点呼がやり直しとなるが、彼はまたしてもすきをついて移動する。責任者の将校はそこで肩をすくめ、リストをしまい込み、それ以上の穿鑿はしなかった。こうしてそれぞれの列に並べられた人々は別の運命をたどった。ツェランはこのようなことを繰り返して、生き延びてきたのだという。親友のフランツ・ヴルム (Franz Wurm: 1926-2010) が伝えている話なので (PC/FW, 248f.)、信憑性は高いと思われる。つまり「右」か「左」は、ツェランにとって生死を分ける選択だったわけである。

5　夜のふざけ口（Zungenspaße der Nacht）：ツェランの詩「悪魔のような」（FS 33）からの引用。「悪魔のような／夜のふざけ口が／お前の耳の中で木化する」（NKG, 238）

6　剽窃（Plagiat）：ツェランの後半生は「ゴル事件」と呼ばれた剽窃疑惑との闘いでもあった。ドイツ語とフランス語の二言語で書いた、ユダヤ系シュルレアリスムの詩人イヴァン・ゴル（Yvan Goll: 1891-1950）のいくつかの詩をツェランが無断で借用したという怪文書がゴルの妻クレールによってばらまかれ、ドイツの文壇を揺るがす大事件となった。綿密な学術調査の結果、ツェランへの嫌疑は晴れ、汚名を払拭する意味もこめて一九六〇年一〇月、ドイツ語圏で最も名誉のある文学賞であるビューヒナー賞が授けられた。しかしツェランは徐々に周囲の人間を信じられなくなり、精神的なバランスを失って、晩年は精神病院への入退院を繰り返すこととなった。ゴル事件についての詳細は訳者解説を参照のこと。

7　空中に（in der Luft）：多和田のドイツ語作品でもごく普通にみられる表現であるが、ツェランには、この小説でもテーマとなっている子午線に言及した「空中に」と題する詩（NKG, 170-171）がある。故郷を追われ各地に散らばったユダヤ人の存在が、ある意味では「空中に」さまよう雲のようであり、また宙に浮く人物を描いたシャガールなども想起される。ツェランはシャガールの詩からインスピレーションを受けた詩をいくつか書いている。

8　彗星のような（kometenhaft）：「こんなに多くの星が」（NKG, 132）という詩には次のような箇所がある。「ただひとつの息が、盲目のまま／彼処と此処ではない所と時おりの間を行った、／彗星のように、ひとつの目が／消えたものに向かって、唸りながら飛んで行った」

9　誰も〜ない（Niemand）：英語で言うnobody。ツェランの詩では頻出する重要な語。たとえば彼の代表的な詩である「詩篇」の第一連は次のようになっている。「誰も再び私たちを土と粘土から捏ねあげない、／誰も私たちの塵に息を吹き込まない／誰も」（NKG, 136）。しかし不定代名詞であるniemandは三行目で単独で使われ、それは固有名詞としても理解できるので、次のようにも訳せる。「誰でもない者が再び私たちを土と粘土から捏ねあげる、／誰でもない者が私たちの塵に息を吹き込む、／誰でもない者が」。ツェランがNiemandの特殊な用法に着目した先行する文学作品として、リルケの墓碑銘（「誰でもない者の眠り」）、カフカの短篇「山中への遠足」やドロステ＝ヒュルスホフの小説『ユダヤ人のブナの木』（ヨハネス・ニーマントという人物が登場する）などがあげられる。

10　豊潤な（üppig）：『糸の太陽たち』に何度か使われる形容詞。üppigは一般に「豊富・過剰」などを表し、『独和大辞典』（小学館）では「繁茂した、鬱蒼とした、非常に豊富な、おびただしい、たっぷりの、豪華な」などの訳語が出ているが、ツェランの詩ではある過剰なものが圧力を伴って迫ってくるニュアンスを持つ。「天国にいるように／ペストのシーツの中に包まれて。／夜を奪われた／場所で。∥おびただしい／夢の段階での／瞼の痙攣の反射は／ゼロ」（FS 39）（NKG, 241）。これはモーツァルトの臨終の際を詩にしたものとも考えられる（飯吉光夫）。また別の詩では、「割れんばかりのアナウンスが／地下納骨場に／私たちは私たちの／ガスの旗とともに／震えあがる」（FS 72）（NKG, 254）とある。（傍点訳者）

11　ポプラ主義者（Pappelist）：多和田の造語。ドイツ語のポプラ（Pappel）の語源はラテン語の人民populusである。ツェランはポプラを人間のメタファーととらえ、水面に映る像を死者になぞらえて、初期の詩「私は言うのを聞いた」において次のように書いている。「私は言うのを聞いた、まるで／水の中にひとつの石と円があり／水の上方にはひとつの言葉があって／石のまわりに円を描いているのを∥私は見た、私のポプラが水に降りていくのを、／私は見た、その腕が深みへ伸ばしてつかもうとするのを／私は見た、その根が天に向かって夜を懇願するのを」(NKG, 67)

12 慰め(Trost)：ツェランの詩の重要語彙の一つ。晩年の詩「両極が」に「私はお前を失う、お前の中に／それは私の雪の慰めだ」(NKG, 571)とある。

13 指ぬき(Fingerhut)：直訳すれば「指の帽子」。その一方でツェランが偏愛した植物の名ジギタリス(キツネノテブクロ属)でもある。ツェランの初期の詩「向こうに」では幼年時代の自分の部屋から見た風景と憧れを次のように歌っている。「カスターニエンの樹々の向こうにはじめて世界がある。／夜そこから一陣の風が雲の車に乗ってやってくると／誰かがここで身を起こす……／その人を風がカスターニエンの樹々の向こうへ運ぼうとする――／《私のところには天使の甘さ(オオエゾデンダ)と赤い狐の手袋(ジギタリス)もあるよ！／カスターニエンの樹々の向こうにはじめて世界がある……》」(NKG, 16)。「狐の手袋／指ぬき」には、亡き最愛の母への追憶と同時に、薬草であるこの植物が持つ二重の効用――吐剤、便通に役に立つと同時に、毒性が強く、心室細動を生じて、死に至ることもあるという――をも暗示している。『評伝』一六〜一九頁を参照。

14 灰色の中の灰色(Grau-in-Grau)：ツェランの詩「……そしてどんな」(FS 81)に「物質の中の灰色の中の灰色」として使われた表現からの引用。この詩はフロイトの「反復強迫」という概念を中心に不眠や精神の危機を詩にしたもの。この詩の詳しい解釈は『ユダヤの傷』二七七〜二八一頁を参照のこと。

15　盲目（Blindheit）：ヘルダーリーンへのオマージュ詩「テュービンゲン、一月」の冒頭「盲目へと説き／伏せられた目たち。」（NKG, 137）を想起させる。盲目とはツェランにおいて、単に目が見えないということだけではなく、精神の闇に陥った、あるいは自由な表現手段を奪われた詩人の運命をもあらわす。

16　いななき：この動詞（wiehern）はツェランの詩「ワインと喪失の時に」の第三連にもあらわれる。「彼らは書いた／偽って、私たちの嘶きを／自分たちのイメージで描いた言葉のひとつに／書き換えた」（NKG, 130）。この詩は多和田のエクソフォニーの詩学を解明するうえでも重要である。

17　アオルタ（Aorta）：多和田が好むエキゾチックな名前の典型例。ただし、生理学用語で「大動脈」という意味があり、この意味で『糸の太陽たち』に二度出てくる（注42を参照）。なお、多和田はアオルタのように、AとOを用いた名前への偏愛があるように思われる。それは彼女自身の名前である多和田葉子のアルファベット表記（YOKO TAWADA）にも一因があるのではないかと訳者は考えている。

18　ヒマラヤ杉（Zeder）：シオニストであったツェランの父レオ・アンチェルはいつかパレスチナに移住することを夢見ており、「ヒマラヤ杉は雲にやさしくキスする」で始まるシオニストの歌を愛唱していた。ツェランの詩「黒い雪片」には「お前の父さんの肉体が、／雪のように、飛び散るときに、蹄の下で、／ヒマラヤ杉の歌が、砕け散るときに……」（NKG, 19）とある。これは強制収容所から奇跡的に届いた母の手紙を詩人が詩に織り込んだ部分である。母フリーデリーケもまた収容所でナチスによる「うなじ撃ち」で亡くなった。この詩は初期ツェランを詩人にした決定的に重要な詩である。詳しくは『評伝』六四頁以下を参照のこと。

19　フランツ（Franz）：固有名詞だがフランス語やフランス人という意味もある。ツェランの晩年の親友ヴルムも、彼が愛読したカフカもこのファーストネームを持つ。また「アッシジ」という詩では、聖フランチェスコをフランツと呼びかけ、輝き（Glanz）と韻を踏んで詩を締めくくっている（NKG, 76）。詳しくは『旅』二七六〜二八五頁参照。一九五三年に誕生した後すぐ亡くなった長男をフランソワ（François）と名付けたことからも、この名前への偏愛ぶりがうかがわれる。フランス人のジゼル・ド・レトランジュと結婚したツェランは自分とフランス人とのかかわりをダンテ『神曲』の地獄篇第五歌に歌われるパオロとフランチェスカの愛に重ね合わせて運命的なものと考えていた。ドイツ文学者ベーダ・アレマンへの書簡でも地獄篇第五歌一二七〜一三八行を原文とドイツ語訳で引用し、そのことを強調している（Briefe, 717-719）。

20　パトリック（Patrik）：本来はアイルランド系の名前でドイツ人には少ない。詩人のファーストネームであるパウル（Paul）とその息子エリック（Eric）の融合形とも考えられ、また患者（Patient）とも音が類似している。

21　鍵穴（Schlüsselloch）：このあたりのイメージ（「耳の穴」「血」など）は詩集『閾（しきい）から閾へ』（一九五五）に収められた「取り替わる鍵で」に依拠している。その詩の第一連は次の通り。「取り替わる鍵で／沈黙された言葉の雪が吹きすさぶ家を／お前は開ける。／沈黙したものの雪が吹き込む。

／お前の目と口と耳から／流れ出る血によって／鍵がとり替わる」（NKG, 78）。なお、多和田作品でも「穴」が重要な意味を担っており、「穴」や穴のイメージに繋がる漢字「空」や「窓」を通して多和田とツェランのテクストが至る所で交流している。詳しくは訳者解説を参照。

22　肺の刺し傷（Lungenstich）：詩「悪魔が去った刹那」（FS 46）からの引用。その詩の冒頭は次のようになっている。「悪魔が去った刹那。あらゆる風。／暴力たちが、悪夢から覚めて、／肺の刺し傷を縫い合わせる。」（NKG, 245）。この詩には次のような伝記的背景がある。一九六七年一月二五日、ツェランはある文化的な催しがあったパリのゲーテ研究所に赴くが、その場でクレール・ゴルと鉢合わせ、「彼女と同じ場の空気を吸いたくない」とその場をすぐに立ち去る。しかしこれを機に精神状態が急速に悪化し、一月三〇日、ナイフで胸を刺して自殺を図る。血を流して倒れているツェランを妻のジゼルが発見し、すぐに病院に運んだ。傷は心臓をわずかにかすめ、左肺の奥まで達していた。すぐに手術が行われ、彼は一命をとりとめた。この詩はその回復期の二月二八日に書かれた。

23　ここで使われている略号がそれぞれ何を表しているのかは、さまざまな読み方が可能であろうが、解釈の例を示してみたい。ＩＦＷＬＢはベルリン科学・文学研究所（Institut für Wissenschaft und Literatur Berlin）（多和田さん自身のご教示による）、ＦＭはおそらく施設管理者（facility manager）、ＡＦはエールフランス（フランス航空）、ＩＰＣＫは国際パウル・ツェラン学会（Internationales Paul Celan Kongress）のそれぞれ略号。

24　イチジク（Feige）：白い汁を出し紡錘形をしたその実は乳房を彷彿とさせ、ツェランの詩では女性、特に母のつながりを持つ形象である。「追想」という詩では次のように歌われる。「心は無花果に養われるがよい、／時は心の中で／死者のアーモンド形の目を想起し続けている。／無花果に養われて。」(NKG, 83)。多和田のテクストでは白から赤にイメージの転換が図られている。

25　インゲボルク・バッハマン（Ingeborg Bachmann: 1926-1973）：戦後オーストリアを代表する女性詩人・作家。最初詩人として注目を集めるが、のち小説に転じ、代表作に小説『マーリナ』（一九七一）がある。この中には、ツェランの詩からの引用で構成された「カグラーン王女の秘密」という枠内小説がある。詳細は拙論「死のメリーゴーランド――ツェランとバッハマン」（『オーストリア文学』第一六号（二〇〇〇）、八〜一七頁）参照。ツェランとは一九四八年五月にウィーンで知り合い、彼が一か月後にパリに旅立つまでの短い間に激しい恋が燃え上がった。その後バッハマンは何度もパリに行き、共同生活や結婚も考えるが、恋愛関係は一九五一年暮れから翌年初めにかけて破綻した。翌年、ツェランがジゼル・ド・レトランジュと結婚した後も、作家どうしとしての友情は続いたが、ゴル事件の影響もあり、六一年の秋に完全に決裂した。二人の間の往復書簡（中村朝子の邦訳あり）は戦後ドイツ文学の重要なドキュメントとして読み継がれており、二〇一六年、ルート・ベッカーマンにより二人の俳優が書簡を朗読するというドキュメンタリー映画『夢見られた者たち（Die Geträumten）』として公開された。

26　ネリー・ザックス（Nelly Sachs: 1891-1970）：ベルリン生まれのユダヤ系詩人・劇作家。一九六六年ノーベル文学賞受賞。一九四〇年、ナチスのドイツを逃れスウェーデンに亡命した。ツェランは亡き母の代わりのように彼女を思慕し、一九六〇年五月、チューリヒにおける会話は珠玉の詩

「チューリヒ、ホテル・ツム・シュトルヒェンで」に結実した。晩年はツェランと同じように精神を病んで、入退院を繰り返し、一九七〇年五月、ツェランの没後わずか数週間後に彼の後を追うように旅立った。主な詩集に『死神の住処で』(一九四七)、『逃亡と変容』(一九五九)などがある。二人の間の往復書簡が刊行されており、飯吉光夫による邦訳もある。

27 『薔薇の騎士(Der Rosenkavarier)』:リヒャルト・シュトラウス(Richard Strauss: 1864-1949)の代表的なオペラ。台本はフーゴ・フォン・ホーフマンスタール(注30参照)。初演は一九一一年。一八世紀のマリア・テレジアの時代のウィーンを舞台にし、女盛りを過ぎた侯爵夫人と年下の恋人オクタヴィアンの関係を軸に展開する絢爛たるオペラ。最後の三重唱が特に有名。

28 声部(Part):ドイツ語のPartは「部分」と「声部」という意味があるが、ツェランの没後に刊行された詩集はその両方の意味を込めて『雪の声部(Schneepart)』というタイトルになっている。溶けていく雪の蒸気の中に聞こえない音楽を感じ取るツェランの繊細な感覚は多和田のほかの作品にも影響を与えている。先に引用した「酵母のアリオーソ」(注1参照)も同じ発想と言える。

29 ヴィンセント・ファン・ゴッホ(Vincent van Gogh: 1853-1890):オランダ出身の後期印象派を代表する画家。一八八八年一〇月アルルでゴーギャンとの共同生活を始めるが、やがて軋轢が生じ、一二月二三日ゴッホが自分の耳を切り落とす事件が起こった。晩年は精神を病み、精神病院の入院を余儀なくされ、一八九〇年七月二九日、ピストルで自分の胸を撃った傷がもとで死ぬ。ツェランは早くからゴッホの絵画に魅了され、一九五五年「ある絵の下へ」という詩を書いた。これはゴッホの『カラスのいる麦畑』にインスピレーションを得た四行からなる詩で、草稿の段階では

「ヴィンセント・ファン・ゴッホのある絵の下に」というタイトルになっていた。その内容を示すとこうなる。「カラスが上空を群れ飛ぶ小麦の波。／どちらの空の青？　下の？　上の？／魂から弾け飛んできた遅く届いた矢。／強まっていく唸り。迫りくる灼熱。双つの世界。」詩の成立背景や解釈については拙論「パウル・ツェランと造形芸術」（『愛知県立芸術大学紀要』第二七号（一九九七）、五三～八四頁を参照のこと。

その後もツェランはたとえばゴッホに関する次のような詩（FS 87）を書いた。「諸々の力、暴力たち。／／その後ろの、竹藪で――／吠えているレプラ、交響的に。／／ヴィンセントの贈られた／耳が／目的地に届く」（NKG, 260）本小説の続く数行に出てくる「目的に到達した」「レプラ」「竹（ざお）」という表現はこの詩を踏まえて書かれている。

30　フーゴ・フォン・ホーフマンスタール（Hugo von Hofmannsthal: 1874-1929）は早くも十代で抒情詩人として名を成したが、やがて小説と戯曲に創作の軸足を移し、また作曲家リヒャルト・シュトラウスと組んで『薔薇の騎士』『ナクソス島のアリアドネ』『エレクトラ』などのオペラ台本を書いた。演出にもかかわり、『エレクトラ』に関する演出上の注意点を述べたエッセイを残している。

31　椿姫：アレクサンドル・デュマ・フィス（小デュマ）が一八四八年に書いた小説。ただし、ここではそれをもとに、イタリアの作曲家ジュゼッペ・ヴェルディが一八五三年に作曲し、同年に初演されたオペラ『ラ・トラヴィアータ（道を踏み外した女）』の方をさす。アルフレードという青年がパーティーで高級娼婦のヴィオレッタと知り合い、真実の愛に目覚めるが、彼女は最後に結核で死んでしまうという悲劇。

32　天使の素材（Engelsmaterie）：詩「天使の素材（質料）から」（FS 76）の冒頭からの引用。これはショーレム（注46参照）から影響を受け、ユダヤ神秘主義のカバラと身体論を結合させた難解な詩である。この天使こそが、本章に登場するレオ＝エリック・フーである。

33　チベットの向こうの（transtibetanisch）：ツェランの詩「もし私が知らないのなら、知らないのなら」（FS 40）で用いられた造語。「アシュレイ、∥意味のない語、／チベットの向こう／ユダヤの女／パラス／アテネの／兜をかぶった／卵巣に注射されて、」（NKG, 242）。「アシュレイ」はヘブライ語で「幸いなるかな」を意味し、ユダヤの祈禱で最初に唱えられる言葉。旧約聖書の「詩篇」84にも見られる。なぜチベットにかかわる造語がここで用いられたのかは不明。一九五四年二月二四日、クラウス・デームスがツェランへの書簡で『チベット死者の書』の内容を要約したうえで、「それは私たちの関心を大いに引きました。なぜなら「心理学的に」とても「真実」に思われたからです」（PC/KND, 139）と読後の感銘を述べているので、もしかするとこの書と何らかの関わりがあるのかもしれない。なおヨーロッパから「チベットの向こう」とは、地理的に見て中国や日本の東洋をさしていると思われる。

34　指の腹（Fingerkuppen）：指の先端の指紋のある丸い部分。ツェランにおいて書くこととかかわる重要な身体部位。「手紙と時計とともに」では「指たち／蠟をかぶせられ／なじみのない、溶けていく指輪とともに／溶けてゆく指の腹」（NKG, 97）と書かれている。

35　シャベル（Schaufel）：「縦穴を掘られた心」（FS 36）でシャベルに言及される。「縦穴を掘られた心／その中に彼らは感情を設置する／／偉大な故郷が／プレハブ部材のごとく／／シャベルは／乳姉妹（ミルヒシュヴェスター）。」(NKG, 240)。このあと小説でミルクに話題が移っていくのはこの詩からの連想と思われる。さらに言えば、シャベルは労働収容所で穴掘りばかりさせられ、生と死の淵をさまよっていた戦時中の記憶とも結びつく。有名な「死のフーガ」にも「私たちはシャベルで空中に墓穴を掘るそこは寝るのに狭くない」(NKG, 46) とある。

36　ミルクのような初ひげを生やした若造 (Milchbart)：直訳すると「ミルクの髭」。ようやく初髭が生え始めた青二才のことをこう呼ぶ。

37　光る貝 (Leuchtmuschel)：「あのたった一つの」(FS 54) の最終連に出てくる。その詩の最初と最後の連を引く。「あのたった一つの／星の／夜。」「一つの満たされた／光る貝が／良心を通り抜けて行く。」(NKG, 247)。ツェランの詩には「ホタル」や「光ワラジムシ」(NKG, 105) など、発光する小さな生命体がしばしば姿を見せる。

38　つぐみ (Amsel)：カフカがチェコ語で黒丸（コクマル）ガラスを意味することを、ツェランは自分の名字にもあてはめて、アンチェル (Antschel) をつぐみ (Amsel) に由来するのだと理解しようとした。アムゼルはドイツをはじめヨーロッパではごく普通に見かける鳥である。

39　人間の形 (Menschengestalt)：ツェランの次の詩を参照のこと。「外へ／渦巻く風に吹き払われて、／広々となった道は／人間の形をした雪、／懺悔者の雪を通って／客をもてなす／氷河の部屋とテーブルへ向かっている」(NKG, 185)。「人間の形をした雪」は「懺悔者の雪」ともいう地質学の専門用語である。かつての氷河が解けて残った跡が、前かがみになったおびただしい人間の群れに見えるのでこう呼ばれる。ツェランはランゲンベックの『自然の地質学』を読み、この言葉を詩に引用した。詳細については『ユダヤの傷』三二二〜三二四頁参照。

40 禅宗で、参禅者に与える対象や手がかりにさせるために示す、祖師の言葉・行動（『大辞泉』）。

41 経絡：中国医学の重要な概念の一つで、鍼灸治療の基礎になっている。経絡とは気と血がめぐる通路であり、経脈と絡脈からなる。経脈は太い枝で身体の縦方向に延び、絡脈は経脈から分かれた細い枝で、体中に網の目のように張り巡らされている。ともに実在は証明されていない想像上のものである。主要な経脈として十二の正経十二経脈（左右にあるので全部で二十四本）がある。

42 本書にはこの詩（FS 8）からの引用がほかの箇所にも鏤（ちりば）められているので、詩の全体を以下にあげておく。「迂回路の／切符、リンのように、／ここのはるか後ろで／薬指によってのみ叩かれて。／／旅の幸運、見よ――／／放たれた弾丸が、／目的の二ツォル手前で／大動脈（アオルタ）の中に零れ落ちる。／／付加物が、／十ツェントナーの／二人精神病（フォリ・ア・ドゥー）が、／禿鷹の影の中で／目を覚ます／十七番目の肝臓の中で／どもりながら話す／情報マストの付け根で。／／その前で／薄く剝がされた水の盾の中で／三頭の立っている鯨が／頭から突っ込む。／／右目が／光る。」（NKG, 228）

43 ネリー・ザックスはツェラン宛の一九五九年一〇月二八日の書簡を次のように締めくくっている。「親愛なるパウル・ツェラン、私たちはこれからもお互いに真実を伝えあいましょう。パリとストックホルムの間には苦痛と慰めの子午線が走っています」（PC/ Sachs, 25）

44 傷つきやすい指（verletzbare Finger）：「永遠たち」（FS 27）にある次の部分を元にしていると思われる。「永遠たち、お前を越えて／向こうで死んだもの、／一通の手紙が／お前のまだ／無傷の

指にふれる」(NKG, 236)

45 ほくろ(Muttermal):ドイツ語原語を直訳すると「母の傷跡」となり、「母斑」という意味もある。「究極の鐘の音」(FS 59)の最終連には「半分の母斑の光の下の/これらすべて」(NKG, 249)とある。ツェランにとって「うなじ撃ち」で亡くなった母の記憶につながる重要な語。

46 ゲルショム・ショーレム(Gershom Scholem: 1897-1982):ベルリンに生まれ、のちにエルサレムに移住した、ユダヤ神秘主義とカバラ研究の世界的権威。主著に『ユダヤ神秘主義』など。ツェランとは六〇年代に何度か会っている。ツェランは一九六七年四月から翌月にかけてショーレムのカバラ研究の著作、とくに『神性の神秘的形象について』(一九六二)を精読し、『糸の太陽たち』の第四、第五チクルスの多くの詩は、ショーレムの著作からの引用で構成されている。ツェランとショーレムの関係、およびこれらの詩の解釈については『ユダヤの傷』三二六〜三六一頁を参照。

47 六角形の(sechseckig):ツェランの詩「大きな」(FS 22)では次のように用いられる。「大きな/目の/ないものによって/あなたの目から汲み取られた――//六角形(sechskantig)の/拒絶する白い/捨て子石。//盲目の手、名前の遍歴によって/星のように硬くなったものも、/石の上で安らう、/あなたのいる間、ずっと/エステルよ。」(NKG, 186)。六角形から真っ先に連想されるのはユダヤ民族の徽章となった六芒星、ダビデの星(✡)である。第二次世界大戦中、ユダヤ人は外出する際、この黄色いワッペンを縫いつけた服を着ることを強いられた。エステルはユダヤ人の虐殺を阻止した勇敢なユダヤ人女性で、旧約聖書に登場する。なおこの詩はマルガレーテ・ズースマンの九十歳の誕生日を記念して刊行された本に寄稿されたものである。詳細については、『ユダヤの傷』二四八〜二五一頁を参照。

48 ヨーゼフ・ベン・アブラハム・ギカティラ（Joseph ben Abraham Gikatilla: 1248-1305?）：スペインのカバラ学者。アブラハム・アブラフィアの弟子。神々の名前における音声記号や等級、数字のもつ神秘的な意味について研究を行った。主著に『ギナット・エゴス』など。注46で述べたショーレムの『神性の神秘的形象について』の中に頻出する。

49 テトラグラマトン（Tetragrammaton）：ギリシア語で「四つの文字」の意。ヘブライ語で神のことをヤーヴェ（ヤハウェ）というが、その名前を口にすることが禁じられているのでさまざまな言い方がある。そのひとつが「テトラグラマトン」である。

50 同じことをツェランの親友フランツ・ヴルムが二〇〇二年九月三〇日に訳者に会ったとき、語ってくれたことを思い出す。「あんな泳ぎの上手な彼が自ら飛び込んだとは到底信じられません」。ヴルムはツェランが薬を大量に飲んで過(あやま)って川に落ちたのではないかと推測していた。

51 四つの目の下で（unter vier Augen）：「二人きりで」という意味のドイツ語の慣用句。

52 五つの目：ツェランの詩にはさいころの「五の目」など、数字の五が何度か登場する。「巨大な、／道のない、樹木が／さいころのように並ぶ／手の地形、∥五の目。」（FS 42）（NKG, 243）。「五の目（Quincunx）」は、一時詩集のタイトルの候補にもあげられていた。また詩集『息の転回』には次の詩がある。「今日――／夜の闇に包まれていたものが、再び、火の鞭に打たれる。／（…）∥くじで引き当てた梟の小石――／眠りの閾からそれは／お前を陥れた五つ目を／見下ろしている。」（NKG, 191）。これは悪意のある批評を読んだ詩人が、「ゴル事件」の悪夢を思い出して書いた詩と思われる。パトリックもまた目に見えない「五つの目」あるいは「五番目の目」の監視におびえながら生活していたことが窺える。

53　ファイブ・アイズ（five eyes）：アメリカ、イギリス、カナダ、オーストラリア、ニュージーランドのアングロサクソン系英語圏の五か国による機密情報共有の同盟。第二次世界大戦中に米英が枢軸国側の暗号解読に協力したことを発端とする。

54　ヴァーグナーの楽劇『神々の黄昏』をふまえて、それをパロディ化したと考えられる。

55　謎めいた暴力のような光にあふれた、ツェラン最後の詩集『光の圧迫』の詩篇を想起させる。ツェランの最初の二冊の詩集『芥子と記憶』、『閾から閾へ』が真っ黒の装丁で、三冊目の『言葉の格子』からすべて白い装丁になるのも、闇から光の変化を表していて、興味深い。

56　新型コロナウイルスは野生のコウモリに由来するという研究者がいる。コウモリは動物の中でもとりわけ多くのコロナウイルスを保有しているが、病気にはならない。この未知のウイルスについてはまだ解明されていない点が多い。

57　ともにツェランの詩「癲癇（てんかん）（Haut Mal）」（FS 98）からの引用。詩の全体を示すと以下のようになる。「罪を浄められなかった女（ひと）、／過眠症の、／神々から汚点（しみ）をつけられた女よ――／／お前の舌は煤（すす）にまみれ、／お前の尿は黒く、／お前の便は胆汁だ、／／お前は、／私と同様、／淫らな話をする、／／お前は片足をもう一方の足の前に出し、／片腕をもう一方の手の上に置く、／山羊の毛皮にまといつく、／／お前は清める／私の一物（いちもつ）を。」（NKG, 263）

58　英雄広場（Heldenplatz）：一九一三年に建てられたウィーンの新王宮の前にある広場。その名はオスマントルコの軍を破ったオイゲン公と、ナポレオン軍を打ち破ったカール大公に由来し、二人の巨大な騎馬像がある。一九三八年三月一八日、ヒトラーは新王宮のバルコニーから英雄広場に集まった二十万人のウィーン市民に向かってオーストリアのドイツへの併合を宣言した。それ以来、オーストリアの負の歴史を象徴する場所にもなっている。ベルンハルトの戯曲『英雄広場』はこうしたオーストリアとナチスにかかわる歴史を完膚なきまでに批判しており、一九八八年の初演は一大スキャンダルを巻き起こした。なお、ポツダム広場はベルリンにある。

59 ツェランの後期を代表する詩「糸の太陽たち」の最後の二行。全体の詩はこうなる。「糸の太陽たちが／灰黒色の荒地の上方に／ある樹木の／高さの思考が／光の調べをかき鳴らす。／まだ歌える歌がある、／人間たちの彼方に」(NKG, 183)

60 イルゼ・アイヒンガー(Ilse Aichinger: 1921-2016):オーストリアの女性作家。ウィーンで生まれ育つ。母がユダヤ人。代表作に迫害されたユダヤ人少女の運命を描いた小説『より大きな希望』(一九四七)がある。一九五三年、ドイツ人の作家ギュンター・アイヒと結婚した。ツェランとは一九四八年にウィーンで知り合った。

61 「咽頭閉鎖音(Kehlkopfverschlußlaut)」:「フランクフルト、九月」(FS 2)からの引用。詩の全体は以下の通り。「盲目の、光の／髭を生やした衝立。／黄金虫の夢が／それを隈なく照らし出す。／／その後ろで、苦悩の網目スクリーンに映されて／フロイトの額が開かれる。／／その外部で／固く沈黙した涙が／次の文句とともに結晶する。／「心理／学は　もう／これで終わり」。／／偽の／黒丸ガラスが／朝食を摂る。／／咽頭閉鎖音が／歌う。」(NKG, 225)。この詩の詳しい解釈については、『ユダヤの傷』二六三〜二七五頁を参照。

62　ツェランがウィーンに滞在したのは一九四七年一二月中頃から翌年六月二六日までの約半年にすぎなかった。クラウス・デームスはウィーンに根深く残っていた反ユダヤ感情のせいでツェランはこの都市を嫌い、立ち去ったのだと語った。

63　ルートヴィヒ・ヴィトゲンシュタイン（Ludwig Wittgenstein: 1889-1951）：オーストリアの哲学者。ウィーンの裕福なユダヤ人家庭に生まれ、のちに一九〇八年以降定住したイギリスに帰化した。バートランド・ラッセルの影響下で哲学研究をはじめ、徹底した言語の有意味性の根拠を問いつつ、「自我」や「言語ゲーム」などのテーマにも取り組んだ。「語りえるもの」と「語りえぬもの」を峻別しようとする言語への厳しい思考はバッハマンらの文学者にも大きな影響を及ぼした。主著に『論理哲学論考』（一九二二）、『哲学探究』（一九五三）など。

64　自己免疫疾患（Autoimmunerkrankung）：病原体から身を守るはずの免疫システムが異常をきたし、過って自分自身の身体を攻撃するようになった状態をさす。

65　「心理学はこれで終わり！（zum letzten Mal Psychologie!）」：『罪、苦悩、希望、真実の道についての考察』にあるカフカの言葉。一般には、心理学に対する疑念と決別と解釈されている。注61に引いたツェランの詩「フランクフルト、九月」にも引用されている。

66　プラシド・ドミンゴ（Plácido Domingo: 1941-）：スペイン生まれの世界的なオペラ歌手。ルチアーノ・パヴァロッティ、ホセ・カレーラスと並んで三大テノールとして人気を博した。オテロは彼の当たり役の一つ。華々しい活躍の一方、二〇一九年セクハラ疑惑が報じられ、一時舞台から遠のいた。

67「ハイル（heil）」：形容詞として「無事な」、また名詞としては「平安、幸福、救済」などの意味がある。挨拶で使われることもあるが、「ハイル、ヒトラー」のイメージが強いので今日ではあまり用いられない。死の直前、小さな内輪の朗読会に参加したハイデガーはツェランについて「彼は病気だ。もう治療できない（heillos）」と語ったという。

68『マイスタージンガー』：ヴァーグナーの楽劇で唯一の喜劇である『ニュルンベルクのマイスタージンガー』をさす。初演は一八六八年。一六世紀のニュルンベルクを舞台とし、ハンス・ザックスを中心する職匠歌人の間で繰り広げられるドラマ。エファは金銀細工師ポーグナーの娘で、最後に若き歌人ヴァルターとめでたく結婚する。ヴァルターのライバルとなるベックメッサーに、ヴァーグナーの反ユダヤ人感情が投影されているという説が根強い。

69マリア・カラス（Maria Callas: 1923-1977）：ギリシア系アメリカ人のソプラノ歌手。二〇世紀最高のソプラノ歌手として不動の評価があるが、ベリーニのオペラ『ノルマ』のタイトルロールなどの難役を矢継ぎ早にこなしたため、喉を痛め、絶頂期は十年ほどで終わった。晩年はスキャンダルにさらされ、五十三歳で自殺とも他殺も判別できない謎の死を遂げた。

70オシップ・マンデリシターム（Ossip Mandelstamm: 1891-1938）：ワルシャワ生まれのユダヤ系のロシア語詩人。アクメイズムを代表する詩人で、いち早く世界文学を標榜した。スターリンを批判した詩がもとで流刑の身となり、ウラジオストク近郊で亡くなった。ツェランが最も親炙した詩人であり、いち早くその価値を見出し、ドイツ語に翻訳した。詩集『誰でもない者の薔薇』はマンデリシタームに捧げられている。

71　エミリ・ディキンスン（Emily Dickinson: 1830-1886）：アメリカの女性詩人。マサチューセッツ州アマーストに生まれ、同地で没した。生前はほとんど無名であったが、今日アメリカ詩人の始祖として高く評価されている。ツェランは生前彼女の詩十篇をドイツ語に翻訳し発表した。さらに追加して一冊の訳詩集を刊行する計画を持っていたが、これは実現しなかった。

72　ギヨーム・アポリネール（Guillaume Apollinaire: 1880-1918）：フランスの詩人。亡命ポーランド貴族の娘を母に、私生児としてローマに生まれる。前衛運動に参加し、実験的な詩を書いた。代表的な詩集に『アルコール』（一九一三）などがある。一九一八年スペイン風邪で死去。ツェランは「サロメ」や「イヌサフラン」など六篇の詩をドイツ語に訳した。

73　アンリ・ミショー（Henri Michaux: 1899-1984）：ベルギー生まれのフランスの詩人・画家。主として散文詩の形で、狂気と幻想の世界を構築した。ツェランはミショーのドイツ語版選集の編集責任者として、『かつての私』（一九二七）や『わが領土』（一九二九）などの詩集から多くの詩を翻訳し（一九六六年、その第一巻が出版）、また個人的にも親交を結び、大きな影響を受けた。

74　ヴェリミール・フレーブニコフ（Velimir Khlebnikov: 1885-1922）：ロシアのアストラハン出身の詩人。大学では数学を専攻するが、日露戦争をきっかけに日本語を学ぶようになる。ツェランはフレーブニコフの詩をわずか六篇しか翻訳していないが（そのうち生前に発表されたのは一篇のみ）、その言語観から大きな影響を受けた。

75　ウラジーミル・マヤコフスキー（Vladimir Mayakovsky: 1893-1930）：ロシアの詩人。若くして革命運動に参加し、逮捕と独房生活を体験した。その後、政治から身を引いてロシア未来派に属し、詩を書き始める。最後は恋愛の挫折などのために自殺した。ツェランのマヤコフスキー翻訳は早くから計画されていたが実現されずに終わった。

76　ヴォイツェック（Woyzeck）：夭折した天才作家ゲオルク・ビューヒナー（Georg Büchner: 1813-1837）の未完の戯曲。一八三五年ころ書かれた。下級軍人のヴォイツェックが情婦のマリーを殺して精神錯乱に陥り、沼に身を投げるまでを描く。のちに作曲家のアルバン・ベルクがこれを元にオペラ『ヴォツェック（Wozzeck）』を作曲した（初演一九二五年）。「自分の身体を現代医学に売り渡してしまった」主人公が描かれるのはこのオペラの方である。

77　カラスのように黒い（rabenschwarz）：日本語の烏羽色と同じく、ドイツ語でも黒よりもいっそう黒い意味。ツェランは「シベリア風に」（NKG, 148）でこの語からRabenschwan（カラス白鳥）という造語を編み出した。「黒いミルク」とならぶ彼特有のオクシモロン（撞着話法）の代表例と言える。

78　「テンポラ（Tempora）」：「時制（Tempus）」の複数形でもある。

79　衝突するこめかみたち（Kollidierende Schläfe）：次のツェランの詩（FS 38）からの引用。「衝突するこめかみたち、／むき出しのまま、貸衣装店の中に――／／世界の背後で／誰が出したわけでもない希望が／船曳き綱を投げる。／／海のような傷口の周りに／息をしている数が漂着する。」（NKG, 241）

80　時間からの解放（Zeitlosigkeit）：時間という制約から超越していること。ツェランは同じ語源を持つイヌサフラン（Zeitlose/Herbstzeitlose）という花をこよなく愛した。これは季節外れに咲くことからこう呼ばれる。

81　エフゲニー・オネーギン（Evgeny Onegin）：ピョートル・チャイコフスキーがプーシキンの小説『エフゲニー・オネーギン』を原作に作曲したオペラ『エフゲニー・オネーギン』（一八七九年初演）の主役。あらすじは本文にもふれられているが、少し補いつつ整理すると次のようになる。田舎の地主の娘タチアーナは、都会からやってきた洗練されたオネーギンに一目ぼれをしてしまい、長い恋文をしたためる。しかし若くして人生に飽きたオネーギンはタチアーナの一途な思いをはねのけ、友人レンスキーと決闘をして、相手を殺し、その土地を去ってしまう。数年が経過し、タチアーナと再会したオネーギンは、将軍と結婚し一段と美しくなった彼女に激しい恋心を抱く。タチアーナも昔の恋を思い出し心が揺らぐが、誇りを捨てず、最後にはオネーギンの求愛をきっぱりと拒絶する。第一幕の「手紙の場」で歌われるタチアーナのアリア「私は死んでもいいの」が全篇のハイライトである。

82　ツェランの詩の根底には、無念の死を遂げた死者たちの霊を浄め、「洗おう」とする意図が随所にみられる。「ひとつの言葉――お前は知っている／屍。//私たちはそれを洗ってやろう、／私たちはそれを梳ってやろう、／私たちは彼らの眼を／天の方へとむけてやろう」（「夜ごと歪められて」）(NKG, 84)

83　この女性歌手のモデルは、当代一流のソプラノであるアメリカ人ルネ・フレミング（Renée Fleming: 1959-）だと思われる。フレミングはニューヨーク州ロチェスター近郊のチャーチヴィルに生まれ、一時期フランクフルトで過ごした。そのためドイツオペラやドイツリートも得意とする。『オネーギン』のタチアーナは彼女の当たり役の一つ。

多和田葉子は、Renée がお気に入りの名前の一つであることを「レネー・シンテニス広場」（『百年の散歩』所収）で述べている。そこではルネではなく、レネーと表記している。『ボルドーの義兄』にもレネという人物が登場する。
84 チェルノヴィッツ（Czernowitz）：現在はチェルニウツィと呼ばれるウクライナ西部の都市。人口は約二十五万人。一九一八年まではオーストリア＝ハンガリー帝国に属し、ブコヴィーナ州の州都で、ドイツ語が広く話されていた。ユダヤ文化の中心地で、パウル・ツェラン、ローゼ・アウスレンダーをはじめ多くのユダヤ系ドイツ語作家を輩出した。
85 ペテンにかけられた（verkohlte）：ドイツ語では「炭化した」という意味もあり、こちらの意味でツェランの詩「錬金術ふうに（ヒューミッシュ）」で用いられている。「沈黙、金のように煮られて、／炭化した／手たちのなかへ。／大きな、灰色の、／すべての失われたもののように近い／妹の姿――」（NKG, 138）
86 空のベッド（ヒンメル）（Himmelbett）：一般には、天蓋（屋根）のある豪華なベッドをさすが、ここではおそらく野宿して星を見上げながら寝る意味も込められているのでこう訳した。ツェランの詩には空を用いた造語が数多くみられ、「天空の葉（Himmelblatt）」（NKG, 190）もある。
87 ペスト（Pest）：注10でもふれた詩に出てくる「天国にいるように／ペストのシーツの中に包まれて」を踏まえている。なおヨーロッパでペストは黒死病として恐れられ、何世紀にもわたってしばしば蔓延し大量の死者をもたらしたが、一四世紀半ばに流行したとき、その原因はユダヤ人が井戸に流した毒であるというデマが広がり、ユダヤ人迫害のきっかけにもなった。

88 ツェランの詩論「子午線」の冒頭部に次のようなくだりがある。「(…) この会話はその間に何も入って来なければ、永遠に続けられたでしょう。しかしその間に何かが入ってきます」(PCIII, 187)

89 ツェランは一九七〇年五月一二日、パリ南部にあるティエ墓地に無宗教で葬られた。セーヌ川に投身自殺したと思われるのは四月一九日の夜中から翌日の朝にかけてであり、遺体は五月一日に引き上げられた。

90 ゴットフリート・ベン (Gottfried Benn: 1886-1956)：ドイツ表現主義を代表する詩人。医師としての経験から、生物学的用語を駆使した斬新な詩で注目を浴びる。一九三三年、一時ナチスに心酔するが、ただちに自分の過ちに気づき引き返したため、著書の発禁処分を受けた。しかし五〇年以降は、不死鳥のようによみがえり、戦後もドイツ最大の詩人として評価された。代表作に『静力学詩篇』(一九四八)、戦中・戦後の自己弁明として書かれた『二重生活』(一九五〇) など。ツェランはベンの詩集をほとんど所有しており、その詩業に精通していたが、「ベンは過大評価されている。人生と人間を離れた詩などありえない」としてベンの再評価には懐疑的だった。詳しくは『評伝』一七五～一七六頁参照。

91 「でも、今！ (Aber jetzt!)」：訳者が調べた限り、これと同じ表現はツェランの詩にはない。似た表現としては「お前も語れ」に「今、しかし (Nun aber) お前が立っている場所が収縮する／

どこに今（Wohin jetzt）、影を脱ぎ捨てたものよ、どこに行くのか？」（NKG, 89）とある。

92 生命の樹をともなう小脳の虫：この奇妙な章のタイトルは、のちに本文（八七頁）で詳述される人間の脳の中の「小脳活樹（文字通りには生命の樹）のある小脳虫部」から採られている。

93 髄の海（Marksee）：ツェランの詩「大きな、燃え上がる蒼穹」では「凝固した心の海の髄が膨らむ」（NKG, 214）とある。

94 柘榴（ざくろ）の実（Granatäpfel）：ツェランは一九五八年一月二六日、ブレーメン文学賞の受賞講演で次のように語っている。「そこで、この今や歴史の喪失に陥ったかつてのハプスブルク帝国の田舎でルドルフ・アレクサンダー・シュレーダーという名前が初めて私に届きました。ルドルフ・ボルヒャルトの「柘榴の実の頌歌」を読んでいるときに」（PCⅢ, 185）。ルドルフ・アレクサンダー・シュレーダー（Rudolf Alexander Schröder: 1878-1962）はドイツの詩人。この時ブレーメン文学賞の授与を行った。『糸の太陽たち』と柘榴の関係については、注121を参照のこと。

95 『アラベラ（Arabella）』：リヒャルト・シュトラウス作曲、ホーフマンスタール台本のオペラ。一九三三年初演。一八六〇年のウィーンを舞台に、没落貴族の二人の娘、絶世の美女アラベラとその妹ズデンカを中心に展開する絢爛たる恋愛喜劇。ホーフマンスタールが急逝したため、二人の共同作業はこれが最後となった。

96 「思い浮かべよ（Denk dir）」（FS 105）は『糸の太陽たち』を締めくくる重要な詩で、以下この詩からの引用が出てくるのでここにその全体をあげる。「思い浮かべよ――／マサダの湿原兵士が／己に故郷を取り戻す、／決して消去されない方法で、／あらゆる有刺鉄線に／逆らって。∥思い浮かべよ――／姿もなく目のない者たちが／お前を攪乱の最中にたやすく導く、／お前は強くなる、／強くなる。∥思い浮かべよ――お前／自身の手が／再び生の中へ／傷つきながら／上ってきて、／住むことのできる土地の／欠片を／摑んだ。∥思い浮かべよ――／それは私に近づいてきた、／名前に目覚め、手に目覚めて、／永遠に／埋葬されないものの中から。」（NKG, 266）。この詩は一九六七年六月七日から翌日にかけて、つまりイスラエルとアラブ諸国との間の六日戦争のさなかに書かれた。「湿原兵士」は強制収容所に収容された人びとの暗号で、ヴォルフガング・ラングホフの『湿原兵士』にちなんでいる。マサダは紀元七三年、ローマ軍に包囲されたイスラエル人が最後に立てこもり、自決した要塞である。詩の解釈は、『評伝』三七〇～三七四頁を参照。

97 ツェランの代表作「死のフーガ」は、「われわれ」（迫害されるユダヤ人を暗示する）と「彼」（加害者であるドイツ人将校）の間で、対位法的に展開する。詩の締めくくりは「お前の金色の髪マルガレーテ／お前の灰色の髪ズラミート」となっており、前者が生き残ったドイツ人を、後者が滅ぼされ、灰と化したユダヤ人を表していることはよく知られている。

98 それらすべてにもかかわらず（trotz allem）：この表現をツェランは「ブレーメン文学賞受賞講演」の重要な箇所で使っている。「さまざまな喪失のただ中で、手の届くもの、間近にあって、決して失われずに残ったものが一つだけあります。言葉です。言葉だけが、そう、それらすべてにもかかわらず、失われずに残りました」（PCⅢ, 185）

99 一九六七年六月八日、ツェランはフランツ・ヴルムに宛てて詩「思い浮かべよ」を送り、次のような言葉を添えた。「私の中に不安があります。イスラエルの出来事、そこの人々、戦争に次ぐ戦争のためです。イスラエルは生き残らねばなりませんし、そのためにあらゆる手段が尽くされねばなりません。しかし、人びとが互いに殺し合っている中で戦争の連鎖、「大国」の市場と悪徳商法への思い、いいえ、それを最後まで考えることはできません」（PC/FW, 71）

100 パラノイア（Paranoia）：他人が常に自分を批判し、貶めようとしているという妄想。偏執病ともいう。ツェランの精神状態の異変に気づいたクラウス・デームスは、ゴル事件にこれ以上深入りしないよう勧め、一九六二年六月一七日、次のように書いた。「パウル、僕は君がパラノイアを患っているのだという、恐ろしい全くはっきりとした疑いを抱いています」（PC/KND, 435）。これに激怒したツェランは一方的に関係を断ち、交友が復活するのはようやく六年後のことであった。

101 痛み（Schmerz）：ツェランの詩を理解するうえで重要な語の一つ。「痛みという綴り」（NKG, 163）というタイトルの詩もある。

102 滞る（stocken）：詩「お前は横たわっている」の最終連でこの動詞が印象的な役割を果たしている。「ラントヴェーア運河はざわめかないだろう／何も／滞らない」（NKG, 485-486）。この詩の詳細については、『旅』九四〜九八頁を参照のこと。

103 一八八四年一〇月一日からアメリカのワシントンで国際子午線会議が開かれ、日本を含めた二十六か国が参加した。この会議中、二二日にグリニッジ子午線が国際的な経度零度の基準に選出された。ちなみにツェランのビュヒナー賞受賞講演「子午線」も一九六〇年一〇月二二日にダルムシュタットで行われた。

104 軸（Achse）：「枢軸（国）」という政治的な意味もあり、「フーエディブルー」（NKG, 160-161）

ではきしむ「地軸の音」が、AやOの音とも重なりながら、重くのしかかる苦痛の音になっている。

105 熱帯／比喩(トローペン)(Tropen)：Tropenには熱帯という意味と比喩(Trope)の複数という二つの意味があり、ツェランは詩論「子午線」の最後で次のように述べている。「私は見つけます、何かを結びつけるものを、詩のように出会いへと導いていくものを。私は見つけます、——何か言葉のようなもの——非物質的なもの、けれども地上的で、地球的なもの、円環をなすもの、両極を超えて自身へと回帰するものを。その際——晴れやかなことに熱帯／比喩を横断するものを。私は子午線を見つけます」(PCⅢ, 202)。さらに「熱帯はぼくを悲しませる」はレヴィ＝ストロースの代表作『悲しき熱帯』を踏まえた表現。

106 ヨゼフィーネ(Josephine)：カフカの短篇「歌姫ヨゼフィーネあるいは鼠族」の女主人公。ヨゼフィーネは民族全体を魅惑するほどの美声の持ち主であるが、最後に姿を消してしまう。この短篇は一九二四年三月に病床で書かれ、カフカの最後の作品となった。

107 オスカー・バウム(Oskar Baum: 1883-1941)：チェコの作家。ユダヤ人。八歳で片目の視力を失い、十一歳で全盲となるが、自伝的小説『岸辺の存在』(一九〇八)で一夜にして有名となる。写真を見る限り、豊かな口髭と顎髭を生やしていた。

108 フェリックス・ヴェルチュ(Felix Weltsch: 1884-1964)：プラハ生まれの作家。カフカの親友。一九三九年、ナチスの侵攻前にパレスチナに亡命した。若いころ、立派な口髭をたくわえていた。

109 「テュービンゲン、一月」という詩に「もしも一人の人間が、この世に、今日、やってきたら／族長の光の髭を／もってやってきたら、」(NKG, 137)というくだりがある。この詩は狂気に陥った詩人ヘルダーリーンへのオマージュとして書かれた、ツェランの代表作の一つ。この詩の詳しい解釈は『評伝』二七七～二八一頁を参照。

110 注61を参照のこと。

111 直観像記憶（ein eidetisches Gedächtnis）：目に映ったものを言葉ではなく映像で記憶すること。人間の幼少期にこの能力があるが、ふつう思春期以降は失われてしまうがわずかな例外も存在するという。

112 聖ヒエロニムス：初期ラテン教父のひとり。ローマで受洗。ヘブライ語、ギリシア語に通じ、最大の業績として聖書のラテン語訳ウルガタがあげられる。レオナルド・ダ・ヴィンチ、デューラー、カラヴァッジオらの描いた有名な肖像画があり、後二者の絵には髑髏が見られる。作者が参考にしたのはデューラーの作品ではないかと思われる。

113 黄金虫の歌（Maikäferlied）：ドイツには三十年戦争の頃にできたと思われる、黄金虫の古い民謡がある。「黄金虫よ、飛べ！／お父さんは戦場にいる。／お母さんはポンメルンにいる。／そしてポンメルンは焼け野原となった。／黄金虫よ、飛べ！」

114 「固く沈黙した（hartgeschwiegen）」：「フランクフルト、九月」（注61参照）にこの言葉が使われている。

115 「盲目（ブリント）の沈黙した（blindgeschwiegen）」：この語はツェランの作品には確認できなかった。

116 不気味な（unheimlich）：フロイトの論文「不気味なもの」のキーワードとなった概念。フロイトは列車の鏡に映った自分の姿を、最初はそれとは気づかず不愉快に感じた体験をあげながらこう説明する。本来unheimlichは「親しみのある」という意味のheimlichの否定であるべきはずなのに、両者には共通した意味がある（heimlichは「秘密の、隠れた」という意味もある）。なじみのあるものが不気味なものとなる。つまりなじみのあるものを、否定したいがために、無意識的に抑圧したものが不気味なものとなるとフロイトはいうのである。ツェランもこれを意識して詩論「子午線」でunheimlichを繰り返し用いている。

117 九月黄金虫（Septemberkäfer）：作者の造語。黄金虫はドイツ語で言うと月の名前がつく種類が多く、一番よく知られているコフキコガネは「五月黄金虫（Maikäfer）」という。同じように「六月黄金虫」、「七月黄金虫」も実在するコガネムシ科の甲虫であり、日本のマメコガネの一種に当たる。夏の短い西欧では九月に活動する昆虫は少なく、またこれらとよく似たスカラベ（フンコロガシ）が古代エジプトでは聖なる虫として崇められ、再生のシンボルとしてミイラの上に置かれたりしたことから、墓に関わる昆虫としてこの名が考案されたのだろう。

118 アーモンドだけでなく、落花生や胡桃も数えよ：「アーモンドを数えよ（Zähle die Mandeln）」（NKG, 59）は初期ツェランの代表的な詩。晩年になってからも、朗読会で決まってこの詩を読むことにしていたことからもその重要性がうかがえる。紡錘形のアーモンドはユダヤ人の特徴的な目の形と重なる。この詩は「私を苦くせよ。／私をアーモンドに数え入れよ」と終る。ツェランはその名前と音の似た「数える（ツェーレン）」することを自分の詩の特質の一つとみなしていた。

119 「何がよろしゅうございますか？（Was darf es sein?）」：直訳すると「それが何であることを許すか」となる。多和田はこの言い回しに着目して、「カント通り」（『百年の散歩』所収）で直訳にもふれつつ、小説の一コマに引いている。

120　「血の時間（Blutstunden）」「血の農地（Bluthufe）」「明るい血（Hellblut）」：すべて『糸の太陽たち』で使われる造語。「血」を用いた造語がこの詩集には頻出する。

121　柘榴（Granatapfel）：『糸の太陽たち』では「冬につながれた風の原――ここで／お前は生きねばならない、粒のように、柘榴のように」（FS 100）（NKG, 264）と書かれている。

122　ツェランは一九六九年九月三〇日から一〇月一七日まで、イスラエルに滞在し、エルサレム、ハイファ、テル・アヴィヴなどを訪問し、多くの懐かしい友人と再会し、また三度朗読会を開いてラジオのインタヴューにも応じた。

123　混ぜもの壺（Mischkrug）：古代ギリシアで用いられたワインと水を混ぜるための大型の壺。クラテルとも呼ぶ。「永遠なる深成岩の中で」（FS 6）の最終連に「泡だった／脳でいっぱいの混ぜもの壺」（NKG, 227）として出てくる。

124　「見える」（FS 7）という詩の全文は以下の通り。「見える、脳幹と心幹のもとで／暗くされず、地球上で／真夜中の射手が、毎朝、／十二の歌を追う／裏切りと腐敗の髄を抜けて」（NKG, 227）

125　アドルフ・ファラーの『人間の身体――その構造と機能の概説』（一九六六）の二一五頁には、「図一四〇　成人男性の頭部中央断面図」があり、この図に振られた部位に対応している。（主な部位とその番号のみ記す。1　頭頂葉　2脳梁幹　3　視床　10　小脳活樹のある小脳虫部の断面　12　延髄　13　脊髄　23　橋）

126　ファラー前掲書、二一六頁からの引用。

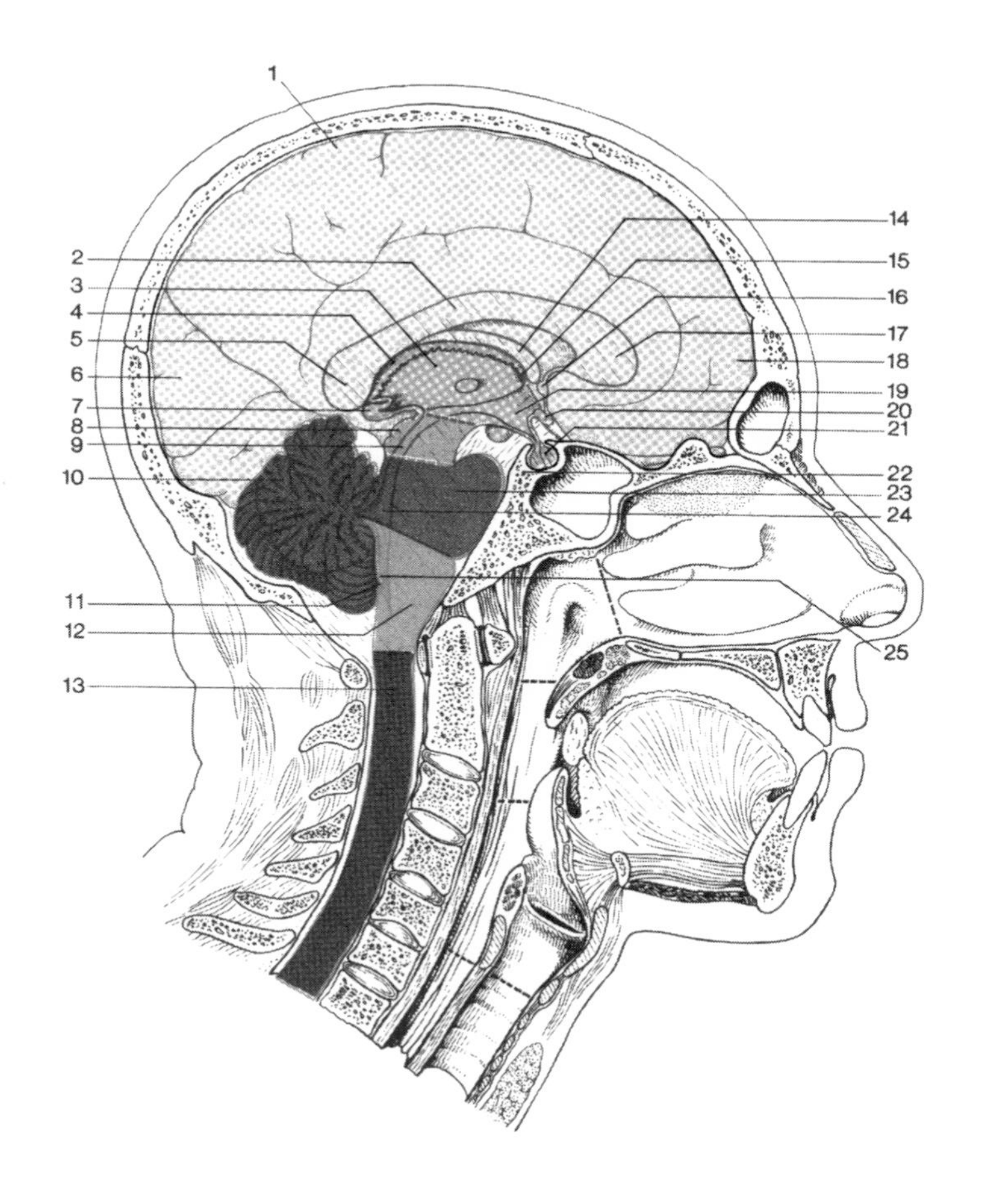

「図140　成人男性の頭部中央断面図」
（アドルフ・ファラー『人間の身体——その構造と機能の概説』）

127　脳の外套（マント）（Hirnmantel）：詩「認知不能症」（FS 66）に出てくる語。「認知不能症、灰の後ろで、／聖なる意味のない語の中に、／韻を奪われたものが歩み入る／脳の外套を軽く肩にかけて」（NKG, 251）

128　マールバッハ文学資料館（Marbacher Literaturarchiv）：ドイツの文豪フリードリヒ・シラーの故郷、シュトゥットガルト近郊の小都市マールバッハに一九五五年建てられたドイツ最大の文学資料館のひとつ。一次文献、二次文献をはじめ、映像資料、作者の手書き原稿などドイツ文学のあらゆる資料を収集、展示し、研究者に公開している。特にパウル・ツェランの研究資料は充実しており、彼の蔵書や手書き原稿も収められてあり、ツェラン研究者のメッカとなっている。また緑に囲まれた閑静なゲストハウスに研究者は長期滞在し、研究に専念することができる。作者の多和田葉子はコロナ禍の直前、二〇二〇年二月一七～二〇日ここに滞在し、ツェランの蔵書や手書き原稿に目を通したことが本書の執筆の力になったと訳者に語ってくれた。

129　詩の全体は以下の通り。「間近に、大動脈弓の中に、／明るい血の中に——／明るい言葉。∥母ラケルは／もう泣かない。／泣かれたものはすべて／彼方へと運ばれた。∥静かに、冠静脈の中に／縛られることなく／ズィーヴ、あの光。」（FS 82）（NKG, 257-258）。この詩の詳しい解釈については、『ユダヤの傷』二二七～二三二頁を参照。

130　「パリのフリンカー書店のアンケートへの回答」（一九六一）でツェランは次のように述べている。「詩における二言語性を私は信じません。二枚舌、それは確かに同時代の様々な言語芸術や言語芸術作品に存在します。（…）詩、それは言語の運命的な一回限りのものです。ですから、自明なことを言うのをお許しください。詩とは今日、真実と同じようにあまりにも頻繁に、この自明さを失って失敗に終わっているのですが、二回的なものではないのです」（PCⅢ, 175）

131　『詩の媒質としての中国の文字――アーネスト・フェノロサ＋エズラ・パウンド芸術論』：日本に滞在した経験から日本の美術と文化に関心を持ったアーネスト・フェノロサ（一八五三〜一九〇八）が遺稿として残した原稿を、詩人のエズラ・パウンド（一八八五〜一九七二）が整理して一九一八年に刊行した書物。漢字を一種の「思想絵画」ととらえ、その成り立ちを多くの例で示しつつ、詩的に考察している。これには邦訳が出ている。『アーネスト・フェノロサ＝エズラ・パウンド芸術詩論――詩の媒体としての漢字考』高田美一（とみいち）訳著（東京美術、一九八二年）。ドイツ語訳は一九七二年に詩人のオイゲン・ゴムリンガーによって刊行され、二〇一九年再版された。本書でツェランの蔵書にあると書かれているが、おそらく彼の没後に妻のジゼルが購入し読んだのだろう。ただし英語の原典は一九一八年に刊行されているので、ツェランが英語で読んでいた可能性はある。ツェランは日本や中国にも関心を持っており、蔵書には俳句のアンソロジーや老子の本がある。

132　ヴィクトール・セガレン（Victor Segalen: 1878-1919）：フランスの詩人、医師。民族誌や考古学の領域でも業績を残した。ブレストに生まれ、医学を修めたあと船医となり、フランス領ポリネシアに赴く。一九〇三、〇四年、タヒチに滞在。一九〇九年、ペストの治療のために満州に行った。主な作品に小説『記憶なき人びと』（一九〇七）、詩集『碑』（一九一二）など。いち早くその価値を認めたゴーギャンやランボーについてのエッセイも重要。近年、再評価の動きがある。

133　衝突する時間たち：すでに本文五七頁にある「衝突する時間たち、衝突するこめかみたち」を踏まえている。注79を参照のこと。

134 オペラの原文ではWie du warst! Wie du bist! Das weiß niemand, das ahnt keiner! となっている。ホーフマンスタール台本、リヒャルト・シュトラウス作曲のオペラ『薔薇の騎士』冒頭のオクタヴィアンのセリフ。場所は侯爵夫人の寝室。甘美な旋律にのって若いオクタヴィアンと侯爵夫人が濃密な一夜を明かしたことが知らされる。

135 「死のフーガ」に、「私たちはシャベルで空中に墓を掘るそこは寝るのに狭くない」(NKG, 46)とある。

136 帰郷(Heimkehr):詩集『言葉の格子』には「帰郷」というタイトルの詩が収められている(NKG, 98)。帰郷はツェランにとっても、母と母語への回帰を意味する重要なものであったが、一九四五年にチェルノヴィッツを後にして以来、二度とこの故郷に戻ることはなかった。

137 ツェランのこの数字に対する愛着はこの先に出てくる詩「どんな砂の芸術もない」に明らかであるが、多和田にも十七に対する偏愛が認められる。最初の小説「かかとを失くして」で主人公の「私」は中央郵便局通りの「十七番の家」の前に立つと、警官によって中に入れられる。この後も「私」は何度か「十七」という数字に遭遇する。

138 賭けに加わる(mitspielen):「エングフュールング」に「どこにも/煙の魂は立ち上らない、賭けに加わらない。」(NKG, 121)とある。

139 この部分は「愛が」(FS 48)で用いられた「拘束衣(Zwangsjacke)」から連想して書かれたと思われる。「拘束衣」(ドイツ語を直訳すると「強制ジャケット」)は、精神病院や刑務所で危険な行動に及ぶ者に着せられる、上半身の自由を奪うジャケット状の衣服。ツェランの詩では、「愛が、拘束衣のように美しく、／つがいの鶴に忍び寄る。／／誰が、彼が無の中を通り過ぎるとき、／この息絶えたつがいを／ひとつの世界へ連れ戻してくれるのか？」（NKG, 245-246）と書かれている。一九六五年一一月二四日、錯乱状態に陥ってナイフで妻ジゼルを殺そうとしたとき、ツェランは拘束衣を着せられたと思われる（NKG, 927）。

140 鉤（Haken）はツェランの詩にしばしば現れるが、多くの場合ナチスの鉤十字（ハーケンクロイツ）とその蛮行を想起させる。たとえば「お前は横たわっている」には「シュプレー河へ行け、ハーフェル河へ行け、／肉屋の吊り鉤が並ぶところへ」（NKG, 486）とあるが、これはヒトラー抵抗運動に携わった約二千人もの人々が処刑されたベルリンのプレッツェンゼー記念館を訪問し、そこに残る大きな鉤（遺体が吊るされた）を見たのを契機に書かれた。詳しくは『旅』九四～九八頁参照。

141 「鷗の雛たち」（FS 68）というタイトルの詩がある。その出だしは「鷗の雛たちが、銀色をして／親鳥に餌をねだっている」（NKG, 252）となっている。この詩はスイスの生物学者アドルフ・ポルトマンの『生物学と精神』からの引用で構成されている。

142 音出し（Einsatz）：アインザッツは音楽用語で、「管弦楽または合唱である声部が、比較的長い休止のあと、ふたたび始めること」や「協奏曲で独奏部が入ること」などを意味する（『新音楽辞典　楽語』音楽之友社）。ツェランの詩では「チェロ・アインザッツ／痛みの背後からの」（NKG, 203）とある。ツェランはこれをアントン・ドヴォルザークの《チェロ協奏曲》（作品１０４）の冒頭部を想起して書いたという（NKG, 877）。

143　フランチェスコ・ペトラルカ（Francesco Petrarca: 1304-1374）：イタリアのルネサンスを代表する詩人。恋人ラウラに宛てて書いた恋愛詩で有名。ツェランもペトラルカを次のように歌っている。「（そして私たちはワルシャワの労働歌を歌った。／葦になった唇で、ペトラルカを。／ツンドラの耳で、ペトラルカを。）」（NKG, 158）

144　ヒポクラテス（前４６０頃－前３７７頃）：古代ギリシアの医師。医聖と呼ばれ、解剖学、子どもの病気、食事療法などに関する彼の知識は近代医学にも大きな影響を与えた。「ヒポクラテスの誓い」はギリシアの医師の子弟が修業を終え、一人前になるときの宣誓で、秘密厳守などを説き、現在でも朗読されることがある。「転がされていった近親相姦の石」（FS 92）に、「ひとつの目が、医者の／腎臓から切り離されて／ヒポクラテスの代わりに／偽りのメーキャップを読み上げる」（NKG, 261）とある。

145　淫らな（unzüchtig）：注57の「癲癇」という詩に出てくる語。

146　この文は「鳩の卵の大きさの腫瘍が」（FS 99）を典拠にして構成されている。「鳩の卵の大きさの腫瘍が／うなじに――／アロンジュ／鬘（かつら）のために／考慮に入れるべき、神々しい、／謎とき遊び。∥未来を暴こうとして／陽気な鋼鉄の繊維のように／ただ一度の／心臓への一刺しを／試みようとしている／ひとつの場所。」（NKG, 264）。哲学者のライプニッツ（Gottfried Wilhelm Leibniz: 1646-1716）は禿頭だったために、いつも長髪の巻毛の鬘をかぶっていたが、それはうなじにあった「鳩の卵の大きさのこぶ（腫瘍）」を隠すためでもあったらしい。

147　ファラーの『人間の身体』六頁には次のような説明がある。「男性において異種染色体はx染色体とy染色体と名づけられる。女性において細胞は二つのx染色体を含んでいる」

148　その背景にある詩（FS 86）をあげる。「唇、あなたの夜の膨張組織——〃急カーブの眼差しがよじ登って来て、／接合を取り決め、／ここでしっかり結びつき合う——／進入禁止、闇の通行税。〃まだ蛍はいるに違いない」（NKG, 259)。暗示的な表現からは詩の理解は難しいが、ファラーの『人間の身体』の「外側の女性性器」という項目の説明文（一九二頁）から「（陰）唇」、「膨張組織」、「接合」などの語句が詩に取り入れられているので、読者諸氏は各々そうした文脈で読み、理解を深められたい。

149　注42で取り上げた詩「迂回路の」（FS 8）に「十七番目の肝臓の中で」（NKG, 228）とある。

150　「霰の粒（Hagelkorn）」：第二次世界大戦中に使用された遠隔操作滑空爆弾BV246のあだ名。戦闘機から船や橋に狙いを定めて落とすことができた。ツェランの詩「霰の粒の降るなか」（NKG, 182）の冒頭にも出てくる。このあたりの爆弾の名前を暗示する語がツェランの詩にちりばめられていることは、ドイツの研究者の間でもほとんど知られておらず、多和田の貴重な発見といえよう。

151　同じく詩「迂回路の」に「十ツェントナーの／二人精神病（フォリ・ア・ドゥー）が、／禿鷹の影の中で／目を覚ます」（NKG, 228）とある。注42を参照。

152　白リン弾（Phosphorbombe）：白リンが自然燃焼すると五酸化二リンの煙を出すことを利用した爆弾の一種。第二次世界大戦でドイツとイギリスの間で使われた。その鮮烈な閃光から、クリスマスツリーというあだ名がつけられた。

153　「あるアジアの兄弟へ」の全文を引く。「自らを美化した／大砲が／空に向けて放たれる、〃十の／爆撃機が欠伸をする、〃速射砲が花を開く、／平和のように自信に満ちて、〃ひと握りの米が／お前の友として死滅する。」（NKG, 287）

154 アルトゥール・シュニッツラー（Arthur Schnitzler: 1862-1931）：オーストリアの作家・劇作家。ユダヤ系の医師の家に生まれ、自身も医学を修め開業医となった。一生をウィーンで過ごし、この都市の退廃的な男女の恋愛を洗練された文体で描いた。フロイトとも交流があった。代表作に『輪舞』、『夢小説』、『グストル少尉』など。

155 ローベルト・ムージル（Robert Musil: 1880-1942）：オーストリアの小説家。未完に終わった大長篇小説『特性のない男』（1930-43）は、ジョイスの『ユリシーズ』、プルーストの『失われた時を求めて』と並び、二〇世紀の前半を代表する小説とみなされている。

156 トーマス・ベルンハルト（Thomas Bernhard: 1931-1989）：現代オーストリアを代表する小説家・劇作家。一時、音楽の専門教育（声楽）を受けたため、文体も音楽的である。主要なテーマとして不安、死、病を取り上げる一方で、オーストリアに根深く残る因習的なカトリック精神やナチスへのシンパシーを完膚なきまでに批判した。代表作に『ヴィトゲンシュタインの甥』、『破滅者』、『消去』など。

157 ソドム（Sodom）：旧約聖書に登場するヨルダンにあったという伝説的都市。住民の道徳的荒廃が激しかったため、天から硫黄と火が降ってきて、ゴモラとともに滅ぼされた（「創世記」一九・二四〜二八）。ここではベルリンを現代のソドムとみなしてソドム＝ベルリンと呼んでいる。

158 ベルリン・ゲズントハイトブルネン（Berlin Gesundheitbrunnen）駅の地下には防空壕があり、

見学することができる。金属製のドアから入るのだが、その扉の上には「過去を知らない者は、過去を繰り返さざるを得ない」と書かれたプレートがある。このような地下シェルターはベルリンの至る所に残されている。なお、ゲズントハイトブルネンを直訳すると「健康の泉」となる。

159　二人精神病（folie à deux）：妄想障害の一種。家族など妄想を病むものと生活を共にするうちに、自分も同じ症状を持つようになること。注42にあげたツェランの詩「迂回路の」に出てくる。ツェラン研究者のテオ・ブックが一九六五年頃、ツェランとパリを歩いていたとき、看板か何かに書かれたfolie à deuxを見て、この言葉を反芻し、まるで自分と対話しているように見えたと訳者に語ってくれたことがある。

160　注42にもあげた詩「迂回路の」に「鯨が／頭から突っ込む」とある。köpfelnは「頭（Kopf）」を元にしてできた動詞であり、「（サッカーなどで）ヘディングをする」、「首を刎ねる」という意味もあることに注意すべきであろう。

161　『糸の太陽たち』の次にあげる最初の詩を意識している。「瞬間また瞬間、誰の瞬き、／どこにも明るさは眠らない。／生成から逃れもせず、あらゆる場所で、／お前のすべてを集め、／立て。」（NKG, 225）

162　「誰が支配しているのか？」は『糸の太陽たち』の四番目の詩。この一行目の後、「色に包囲され、数に攻撃された、生」（NKG, 226-227）と続く。

163　ネオプレン素材（Neopren）：合成ゴムによる商品名。クロロプレンの重合によって作られる。耐熱性、伸縮性、撥水性に富み、もともとタイヤやウエットスーツに用いられたが、現在では医療の現場やファッション業界でも幅広く利用され、注目を集めている。

164　直立独房（Stehzelle）：「勤勉なるものたち」（FS 37）を参照。詩の後半部分に「バロック的に覆いをかけられて、／言葉を飲み込むシャワー室、／意味論的に隈なく光を当てられた、／ある直立独房の／何も書かれていない壁――∥ここで∥生きよ／お前を横切って、時計もなく」（NKG, 240-241）。これは絶滅収容所のシャワー室を暗示した詩と考えられている。小説の本文に出てくる「壁」、「照らし出されて」、「バロック調で」などの語もこの詩をヒントにしている。ツェランはオイゲン・コーゴンの『SS国家』（一九四六）を読み、絶滅収容所の内部構造や組織についても詳しい知識を持っていた。コーゴンは「直立独房」について次のように書いている。「さらにザクセンハウゼンの、その中にいる人間には直立の姿勢でいるだけの空間しかなく、顔の高さにある格子窓から吐きかけられた痰や唾を拭うこともできない直立独房に至るまで、あらゆる種類の恐ろしい地下牢があった」

165　ツェランは一九六五年一〇月二一日から約一週間、突然一人でフランス南西部をめぐる大旅行に出かけ、ピレネー山脈に沿ってアンダイからポーへ、さらにトゥールーズ、モンペリエ、アヴィニヨンなどの諸都市をめぐり、詩を書いた。ポーについては「ポー、夜に」（FS 13）と「ポー、後で」（FS 14）という二篇の詩がある。『旅』一六〇～一七四頁を参照のこと。

166　痙攣（シュパスメン）、わたしはお前を愛す、詩篇（プサルメン）！（Spasmen, ich liebe dich, Psalmen!）：「痙攣」（FS 10）の最初の一行。この後、詩は以下のように展開する。「∥お前の峡谷の奥深くにある触壁が／歓び誘う、精液にまみれた女（ひと）よ、∥永遠の、永遠を失った、お前、／永遠とされた、永遠とならぬ、お前、

／／なんと、／／お前の中へ、お前の中へ／わたしは歌うのだ、骨の杖が入れる裂け目を、／／真っ赤な、陰毛のはるか後ろ／洞窟の中に、ハープをかき鳴らし、／／外では、まわりをぐるりと／無限の、どこにもないカノン／／お前はわたしに投げかける／あの九回編まれ、／滴り落ちる勝者の花輪を。」(NKG, 229)。つまりこれは性交の場面を描いた詩である。ただしその相手となる女性存在は、人間であると同時にイスラエルという女性原理を具現化した神聖な存在でもある。

167 ゲオルク・トラークル (Georg Trakl: 1887-1914)：ドイツ表現主義を代表するオーストリアの詩人。麻薬に手を染め、妹と近親相姦に陥るなど荒れた生活を送りつつ、色彩感覚にあふれた詩を書いた。主な詩集に『夢の中のセバスチアン』(一九一五) など。

168 刑法二一一条 (Paragraph 211)：ドイツの刑法二一一条は次の内容である。(一) 殺人者は終身刑に処する。(二) 殺人者とは、性的本能を満足させるため、貪欲から、あるいは低次の動機、狡猾もしくは残酷な動機、または公衆にとって危険な手段で、または他の犯罪を可能にしたり隠蔽するために人を殺す者をいう。

169 次の表題のない詩 (FS 30) の冒頭からの引用。「もののみごとに／山々を越えていく／ミイラたちの跳躍。／／それを記憶にとどめる／たった一枚の／桐(パウロヴニア)の巨大な葉。／／摘み取られなかった巨きな／玩具の／世界。星への貢献は／何もない。／／いくつもの管制塔の中で／百もの銀色の蹄が／禁じられた光を／叩いて開放する。」(NKG, 237)。桐 (Paulownia) はツェランがこよなく愛した樹木で、その綴りの中にファーストネームの Paul が含まれている。

170 ルサルカ (Rusalka)：ドヴォルザーク作曲のオペラ。一九〇一年初演。オリジナルはチェコ語。

森の湖に住む水の精ルサルカが人間の王子に恋をし、魔法使いによって人間の姿に変えてもらい、ふたりは結婚する。しかし王子は別の国の王女に心を移してしまう。湖に戻されたルサルカに対し、魔法使いは自分が助かるには人間の血が必要だと告げてナイフを渡すが、ルサルカは王子に手をかけることができない。湖にやってきた王子がルサルカを呼んでいると、ルサルカが現われ、自分に口づけをすると死ぬと告げる。最後に二人は口づけを交わしながら、暗い湖の底に沈んでいく。第一幕でルサルカの歌う「月に寄せる歌」が全曲のハイライトで、この曲がコンサートなどで独立して歌われることも多い。

171 杜甫（712-770）：中国、盛唐の詩人。若い時から各地を放浪し、いったん長安で仕官するが、左遷され、最後は舟中に没した。「詩聖」と称され、李白と並んで中国最大の詩人とみなされている。

172 マウルタッシェ（Maultasche）：パスタの生地の中に引き肉などを詰めたドイツのシュヴァーベン地方の郷土料理。形態はラビオリに似ているが、一辺が一〇センチ近くある。チベット料理でそれに相当するのは、モモと呼ばれるものと思われる。具には野菜のほかマトンやヤクの肉が使われ、小籠包に近い。

173 どんな砂の芸術もない、どんな砂の本もない、どんなマイスターもいない（Keine Sandkunst mehr, kein Sandbuch, keine Meister）：『息の転回』に収められたタイトルのない詩。二行目以下は次のようになっている。「無が投擲される。いくつの／沈黙の声？／十七。∥あなたの問い——あなたの答え。／あなたの歌、それは何を知っているか？∥ゆきのなかふかく、／きのなかかく、／きーいーく。」（NKG, 187-188）最終連をドイツ語で示すと、"Tiefimschnee,/Iefimnee/I-i-e" となっている。音で示すと「ティーフィムシュネー／イーフィムネー／イ、イ、エ」となる。この詩における日本との関連や解釈については『翼ある夜』二六九〜二七〇頁を参照。

174　川石酒造之助（1899-1969）：日本の柔道をフランスに広めた立役者。早稲田大学を卒業後、アメリカ留学を経て一九三一年渡英し、ロンドンで日本柔道クラブを設立する。一九三五年パリに移り、フェルデンクライスと協力して柔道の普及に努め、戦時中の困難な中でも「川石方式」という技術指導と組織の発展に尽力し、柔道の国際化に大きな役割を果たした。

175　モーシェ・フェルデンクライス（Moshé Feldenkrais: 1904-1984）：物理学者、柔道家、自己啓発身体運動であるフェルデンクライス・メソッドの創始者。ウクライナのスラブータでユダヤ人家庭に生まれ、十四歳の時パレスチナに移住。やがて物理学を学ぶためにパリに出て、フレデリック・ジョリオ＝キュリーの助手となる。一方、格闘技、とくに柔道にも関心を持ち、川石とともにフランスでの柔道の普及に貢献した。度重なるひざのけがを克服するために、独自の身体訓練法を考案し、その方法は現在でも世界中の人々に実践されている。フランツ・ヴルムとは一九四七年ロンドンで知り合って以来、生涯の親友であり、著作のドイツ語訳はほとんどヴルムが手掛けている。彼の仲介で一九六七年九月二六日、パウル・ツェランと会い、その後しばらく何らかの形で治療に協力したと考えられる。

176　横断する（durchkreuzen）：この動詞はツェランの詩論「子午線」の締めくくりで用いられている。「私は見つけます、何かを結びつけるものを、詩のように出会いへと導いていくものを。私は見つけます、（…）両極を超えて自身へと回帰するものを。（…）熱帯／比喩を横断するものを。

私は子午線を見つけます」（PCⅢ, 202）。注105を参照。

177　オイゲン・ヘリゲル（Eugen Herrigel: 1884-1955）：ドイツの哲学者。ハイデルベルク大学で博士号を取得。一九二四年に東北帝国大学に招かれて来日し、二九年まで哲学を講じる。その間、阿波研造から弓道を学んだことが、のちの『日本の弓術』や『弓と禅』に結実し、多くの日本の読者に影響を与えた。ただし、第二次世界大戦前から彼がナチスの思想に接近していたことも忘れてはならない。

178　ルドルフ・シュタイナー（Rudolf Steiner: 1861-1925）：オーストリアとドイツで活躍した神秘思想家。クラリェビック（現クロアチア領）に生まれ、ウィーン工科大学で学ぶ。ゲーテの自然科学やニーチェ思想の研究から出発し、学問・宗教・芸術の綜合を唱える人智学の創始者となった。その影響は現代においても、環境問題や芸術、宗教、各種の治療など広範囲に及んでいる。その精神を受け継ぐ「シュタイナー教育（ヴァルドルフ教育）」も世界中にある多くの学校で実践されている。

179　ツェランの初期の詩に「コロナ」と題する作品がある。このコロナはウイルスではなく、天文用語として太陽の外に広がる高温のガス体をさし、普段は見えないが皆既日食の時だけ美しい光冠として浮かび上がるものである。したがってそれは大きな時の転機を暗示する。ツェランの詩は「秋は僕の手から草を食べる。僕らは友人だ。／僕らは時をその胡桃から剝き出し、行くことを教える――／時は殻の中に戻って来る」と始まり、「時が来た、時となるべき時が／時が来た」（NKG, 45）と閉じられる。

180　烙印（Brandmal）：「烙印」というタイトルをもつツェランの初期の詩がある。その最初の三行を示すと次のようになる。「われわれはもはや眠らなかった、というのはわれわれは憂鬱という時計の内部に横たわり／鞭のように時計の針を撓めたから、／すると時計は急ぎはね返って血が出るまで時間に鞭打った、」（NKG, 49）

181　残り（Neige）：ドイツ語の Neige には「傾き」と「（グラス・樽などの）残り」という二つの意味があり、この両方を込めて、ツェランは表題のない詩の冒頭で「ワインと喪失のときに／その両方を傾け飲み干しながら――」（NKG, 130）と歌っている。さらにそこにはフランス語での別の意味「雪」も重ね合わされている。詩人の妻ジゼル・ツェラン＝レトランジュは、詩人の死後にこの詩に自作のエッチングを添えて出版した。詳しい解釈については『翼ある夜』二〇九～二一三頁を参照。多和田は『エクソフォニー　母語の外へ出る旅』（二〇〇三）において、この詩に言及して次のように述べている。「ツェランの「詩人はたった一つの言語でしか詩は書けない」という言葉は時々引用されるが、「一つの言語で」という時の「一つの言語」というのは、閉鎖的な意味でのドイツ語をさしているわけではないように思う。彼の「ドイツ語」の中には、フランス語もロシア語も含まれている。外来語として含まれているだけではなく、詩的発想のグラフィックな基盤として、いろいろな言語が網目のように縒り合わされているのである。だから、この「一つの言語」というのはベンヤミンが翻訳論で述べた、翻訳という作業を通じて多くの言語が互いに手を取り合って向かって行く「一つの」言語に近いものとしてイメージするのが相応しいかもしれない。良く知られている例を一つ挙げると、ツェランの「葡萄酒と喪失、二つの傾斜で」で始まる詩では、「傾と「傾斜」という言葉が出てきたかと思うと、突然「雪」が出てくる。意味的には、「傾斜（Neige）」と「雪」は繋がらない。しかしドイツ語の「Neige（傾斜）」と全く同じスペルが、フランス語では雪という意味の単語になるので、両者は密接な関係にある。語源的には関係ないし、発音は全く違うが、見た目が同じなのである。わたしたちの無意識がどれほどこのような「他人のそら似」的な単語間の関係に支配されているかということは、フロイトの『夢判断』などを読めばよく分かる」

訳者解説

パウル・ツェランについて

「死のフーガ」で知られるユダヤ系のドイツ語詩人パウル・ツェラン（Paul Celan: 1920-1970）は、二〇世紀を代表するヨーロッパの詩人のひとりとして、今日その評価は揺るぎないものとなっている。しかし名前は聞いたことはあっても、彼の詩と生涯を知る日本人は案外少ないのではないか。そこで、最初に彼の生涯と作品を簡単に紹介しておきたい。

ツェランは一九二〇年、当時ルーマニア領で現在はウクライナに属するチェルニウツィのドイツ語を話すユダヤ人家庭に生まれた。本名はパウル・アンチェル（Paul Antschel）。ペンネームとなったツェランはアンチェルのルーマニア語表記Ancelのアナグラムである。彼の故郷は詩人が誕生する二年前まではオーストリア＝ハンガリー帝国領ブコヴィーナ州の州都であり、チェルノヴィッツといった。パウル少年は文学好きの母親の愛情に包まれ、幸福な少年時代を送った。同地のギムナジウムを卒業した後、フランスのトゥール大学で医学を学ぶが、一九三九年の夏に帰省していた間に、第二次世界大戦が勃発したためフランスに戻れなくなり、チェルノヴィッツ大学に登録してフランス文学を学んだ。

一九四二年の六月末、父と母がナチスに連行され、秋に父はチフスがもとで亡くなり、冬に母はナチスによる「うなじ撃ち」で命を奪われた。ツェラン自身は知り合いのもとに隠れていたためそのとき難を逃れたが、四四年二月まで労働収容所で肉体労働を強いられ、生死の間をさまよった。そしてソ連により共産化された故郷から一九四五年ルーマニアに逃れ、ブカレストで二年間を過ごし、ロシア書籍で翻訳者兼編集者として糊口をしのいだ。一九四七年末、危険な国境地帯を抜けてウィーンへと脱出する。しかし、ウィーンにいたのはわずか半年ほどで（ちなみに彼が故郷を離れた後、母語であるドイツ語圏の土地に住んだのもこの半年のみであった）、翌年六月には終の住処となるパリへと旅立った。ウィーンを去る一か月ほど前に、まだ学生であったインゲボルク・バッハマンと知り合い、二人は烈しい恋に落ちた。この恋愛関係はパリに移ってからもしばらく続いた。

パリに到着してからの彼は、中断された学業を取り返すべく五〇年にパリ大学で学士号を取得する（ドイツ文学）。バッハマンと破局した後、五二年末にはフランス人の版画家ジゼル・ド・レトランジュと結婚し、五五年には息子エリックが誕生した。詩人としても着実にキャリアを積み、一九五二年事実上の第一詩集となる『芥子と記憶』を刊行してから、第二詩集『閾から閾へ』（一九五五）、第三詩集『言葉の格子』（一九五九）と一作ごとに詩境を深め、評価を高めていった。五九年秋からは高等師範学校のドイツ語教師の職につき、生活も安定した。

一方、詩作の傍ら、生来の語学の才を生かして、フランス語、ロシア語、英語などから多くの詩を研ぎ澄まされたドイツ語に翻訳した業績も忘れてはならない。フランス語からはランボー、ヴァレリー、ミショー、シャール、シュペルヴィエル、デュブーシェ、ロシア語からはマンデリシターム、ブローク、エセーニン、英語からはシェイクスピアのソネットやディキンスンらが主な詩人としてあげられる。

彼の詩は高く評価され、一九五八年にはブレーメン文学賞、そして一九六〇年にはドイツ語圏で最高の文学賞と言われるゲオルク・ビューヒナー賞を受賞している。またドイツの諸都市で精力的に朗読会を行い、ドイツ内外の作家や知識人たちと交わり――重要な人物の名を一部あげると、ネリー・ザックス、ギュンター・グラス、ハインリヒ・ベル、ヘルマン・レンツ、クラウス・デームス、フランツ・ヴルム、ペーター・ソンディらがいる――、六〇年代の後半には、すでにドイツ語圏で最高の詩人であるという評価が確立していた。

しかしその一方で、「ゴル事件」と呼ばれる剽窃疑惑に長年にわたって苦しめられた。これはイヴァン・ゴルの詩句をほぼそのままツェランが無断で自作の詩に借用したという、根も葉もないデマであるが、当時くすぶっていた反ユダヤ人感情とも結びついて、大きな問題となった。その端緒となったのは、一九五三年に詩人の妻クレール・ゴルが出版社や作家にばらまいた文書であった。評価を高めていくツェランをねたんだクレールは同調者を巻き込みながら執拗な中傷を繰り返し、一九六〇年にはドイツの文壇を揺るがす大事件にまで発展した。ドイツ語学・文学アカデミーも本格的な調査に乗り出し、その結果、ツェランの潔白が証明され、ビューヒナー賞の受賞に至った。しかしツェランはその後も周囲の人間に疑いの目を向けるようになり、多くの友人と絶交し、精神のバランスを著しく失って、死ぬまで精神病院への入退院を余儀なくされることになる。

六〇年以降のツェランの詩作は大きく変貌する。六三年に刊行された『誰でもない者の薔薇』は詩人の頂点をなす詩集である。ラーゲリに散った薄命のユダヤ系ロシア詩人マンデリシタームへの追憶をばねに、ヘルダーリーン、ヴィヨン、ツヴェターエワをはじめとするさまざまな詩人へのオマージュ、ブルターニュ地方への旅の詩、そして最後にはリルケの『ドゥイノの悲歌』を彷彿とさせる長大な詩群が広大な宇宙空間に響き渡る。詩人の絶唱である。

しかしこの後に刊行された詩集『息の転回』（一九六七）では、詩行は極端に圧縮されて一〇行以下のものが大半を占め、沈黙への傾斜が明瞭となる。まるで詩人は歌うことを諦めてしまったかのようである。生前最後の詩集となった『糸の太陽たち』（一九六八）は精神の未踏の領域に入る姿勢が明瞭になり、自然科学関係の様々な専門用語が引用されて、ほとんど卒読では理解できない難解な詩で占められるようになる。

しかし六〇年代の後半、ツェランは精神の危機と闘いながらも、独自の詩境を深め、様々な人物と会い、また新しい試みに取り組んだ。版画家であった妻ジゼルとは協力して二冊の詩画集『息の結晶』（一九六五）、『闇の通行税』（一九六九）を刊行した。一九六七年夏にはフライブルクでハイデガーと会い、長時間にわたって話し合った。この対話は詩人の失望に終わったが、翌年にもハイデガーと会い、物別れに終わった詩作と思索の二人の巨人の対話はのちに多くの問題を投げかけることになった。また一九六九年の秋には初めてイスラエルに旅行し、多くの旧友と再会し、また知識人と語り合ったが、彼は同じユダヤ人でありながら異なる立場から疎外感を味わわねばならなかった。晩年は妻子とも別れて一人で住み、一九七〇年四月にセーヌ川に投身自殺した。没後遺稿から多くの詩が発見され、書簡とともに刊行されて今日に至っている。二〇二〇年はツェラン生誕百年、没後五十年の区切りの年で、コロナ禍にもかかわらず、その業績を再考する催しが世界中で行われ、多くの書籍が刊行された。

今日、ツェランの影響は文学をはるかに超えて、多岐のジャンルに及んでいる。美術では現代美術を牽引するドイツのアンゼルム・キーファーが「死のフーガ」をもとにした一連の作品を制作している。音楽では、さらに本質的かつ深い影響を及ぼしている。バートウィッスル、ライマン、リーム、カンチェーリなどの現代音楽の巨匠がツェランの詩に作曲して音楽の言葉の可能性を探り、ルジツカはオペラ『ツェラン』（二〇〇一）を作曲して話題を呼んだ。日本の高橋悠治や権代（ごんだい）敦彦らもツェランの詩をもとに優れた楽曲を作曲している。

このような中で、日本人の多和田葉子がドイツ語でツェランについて長篇小説を執筆したことは、ツェラン受容に新たなページを開いたといえよう。

詩集『糸の太陽たち』について

本小説にはツェランの詩が随所にちりばめられているが、その中心をなすのが、詩人が生存中に刊行された最後の詩集『糸の太陽たち』（一九六八）である。若き研究者であるパトリックは、この詩集についてパリのパウル・ツェラン学会で発表しようともくろんでおり、彼の行動や空想は詩集から引用された詩句によって綴られていく。ある意味でパトリックはツェランの詩を生きているとも言える。

ところでツェラン研究は詩人の生前にすでに本格的に始まり、以後加速度的に増え続け、没後五十余年を経た今日では、専門研究者でさえその全貌を把握するのが不可能なほど膨大な数に達しているが、『糸の太陽たち』に関する研究は驚くほど少ない。その理由は、どの詩も詩人の陥っていた深刻な精神の危機を色濃く反映して、あまりにも難解なためである。ツェランは意図的にそうした危険な精神の深淵にまで下りて行って、新しい言葉を模索していたように思われる。第一チクルスと第二チクルスの間に書かれた二十四篇の詩は、最終的には詩集から省かれたが、詩集に収められた詩よりも数段難解でほとんど理解不可能であることからもそう推察できる。つまり研究者たちでさえ、『糸の太陽たち』の詩に迂闊に手を出すことができないのである。

多和田葉子は作家の想像力を駆使して、これらの詩に絶妙な方法で接近することに成功している。無論、本小説で展開されている解釈やパトリックの行動を通して語り直される言説が、すべて学術的に論証されたというわけでは決してないが、パトリックの目を通しての詩への接近が、これまでとは一味違ったツェランの世界を切り開いたことは間違いない。

『糸の太陽たち』に収められた詩は、ツェランの詩集の中では最も多く百五篇にのぼる。第一チクルスには一九六五年九月六日から一一月二三日に書かれた詩二十二篇が収められている。最初の詩は本作でも述べられているとおり、目覚めの詩であり、夢遊病者が街をさまようような作品がそれに続く。その後、アンダイ、ポー、アヴィニヨンなどの南西フランスへのひとり旅の印象も綴られる。最後の詩「お前の封印はすべて開かれたのか？　いやけっして」を書いた翌日の一一月二四日、詩人は正気を失い、ナイフで妻を殺そうとする。幸いジゼルと息子のエリックは隣家に逃げ込み事なきを得たが、詩人はそれから精神病院での長い入院生活を余儀なくされた。この後、第二チクルスの最初の詩を書くまで半年以上のインターバルがある。

このたびツェランと妻ジゼルの往復書簡集を読み返してみて、新たな発見があった。約六百七十通の往復書簡のうち、『糸の太陽たち』の詩を執筆した期間に書かれた書簡が約四割を占め、さらに、詩集の第一チクルスから第二チクルスの最初の詩までの約半年の療養期間中に書かれたものだけでも約百五十通あったことである。つまり精神の危機と闘う詩人と夫を献身的に支えようとする妻の姿が往復書簡の隠れた主題となっているのであり、それはまた『糸の太陽たち』の個々の詩の背景にも読み取ることができる。

第二チクルスは、一九六六年六月一三日から六七年一月二一日までに書かれた二十三篇を収める。最初の詩「眠りの欠片」こそ、精神病院から退院した喜びをつづった詩であり、変わらぬ夫婦の愛の証でもあるが、そのほかの詩は精神の未踏の領域に奥深く入って行こうとする晦渋な作品である。続く第三チクルスは六七年二月二八日から四月二四日に書かれた二十三篇を収める。ここでも狂気とすれすれの世界が描かれるが、フロイトやポルトマンなどのテクストに依拠した引用から構成された詩が目立つようになる。この「間テクスト性」が本詩集の最大の特徴の一つである。第四チクルスは四月二六日から五月一三日にかけて、つまりわずか十八日間に書かれた十八篇の詩を収める。それらの詩は、フロイトの心理学、ショーレムのカバラ、ファラーの生理学という主として三つのテクストの引用から構成された「間テクスト性」の範例となるような詩である。最後の第五チクルスは一九六七年五月一四日から六月八日に書かれた十九篇である。最初の詩はゴッホの耳切り事件を題材にした作品で、最後はイスラエルで勃発したばかりの六日戦争をうたった有名な詩「思い浮かべよ」で締めくくられる。

文学における引用と言えば、普通は同じ文学作品から採られたものが多いが、ツェランの場合は異なる。生物学、地質学、天文学など自然科学のテクストも重要な参照源となっている。その背景には当時彼が読んでいた『野生の思考』に代表される、レヴィ＝ストロースの構造主義の影響があるのではないかと訳者は考えている。このような引用の技術が多和田の小説にも受け継がれており、従来の日本の小説にはないハイブリッドな言語構築物となっていることに注目すべきであろう。訳者が詳しい注釈をつけたのも、作者及びその背景にあるツェランの意図をくみ取ってのことである。そして訳者は本文と合わせて注釈を読むことで読む世界が拡がる、「注釈付き翻訳小説」の構築をめざした。

もちろん多和田の原作のみを堪能したい読者は、訳注を読まずに本文だけを読み進めてくださって一向にかまわない。それだけでも十分な魅力を持つ小説である。

多和田葉子とパウル・ツェラン

多和田葉子が初めてツェランの詩に出会ったのは、都立立川高校で第二外国語としてドイツ語を選択したときに聞いていたNHKのラジオドイツ語講座であったという〈多和田さんは二〇二〇年一〇月二四日、明治大学で行われたオンラインでのシンポジウム「翻訳から〈世界文学〉の創造へ

―生誕一〇〇年パウル・ツェランを手がかりにして」でそう語ってくれた。以下、この時の話を参考にして書いた部分がある)。ツェランの「死のフーガ」はこうして多和田の心に深く刻み込まれた。

八二年ドイツにわたり、日本語とドイツ語の両方で創作を始めた多和田は、大学でドイツ文学の学業を続け、自分なりにツェランを読み続けていた。あるとき『テクストと批評』という定期刊行物から「ドイツ文学は外国でどう読まれているか」というテーマで原稿の依頼があり、テーマ設定に多少の疑問を感じながらも、執筆を引き受けた際に書いたのが門構えをめぐるツェラン論であった。これは「モンガマエのツェランとわたし」と題して『現代詩手帖』(一九九四年五月号)に日本語に訳して発表され、さらに「翻訳者の門――ツェランが日本語を読む時」という題で『カタコトのうわごと』(一九九九)に収録された。

そのきっかけとなったのは知人のクラウス=リューディガー・ヴェアマンが、多和田がコピーを送った飯吉光夫の『閾から閾へ』の日本語訳に対して(ヴェアマンは日本語を学んでいた)、その翻訳における門構えの重要性を指摘したことに始まる。確かに『閾から閾へ』のその日本語訳には門構えの漢字――閾、聞、閃、開、間、闇、門など――が頻出する。ツェランの「ぼくは聞いた」は「ぼくは聞いた、水の中には/石と波紋があると、」と始まる。これらを踏まえて、多和田は「聞」という字についてこう述べる。「「聞」という字では、門の下に耳がひとつ立っている。聞くというのは、全身を耳にして境界に立つということらしい」。また「閃」という字については、「門の下に人がひとり立っている。(…)もしかしたら、門の下、つまり境界に立っている人の目には、見えない世界から閃き現われてくるものが見えやすいのかもしれない」と述べている。
　注目したいのは多和田が双方の「境界」に注目していることだ。単にツェランの詩に「門」や「扉」と訳せるTorという形象が頻出するだけではなく、ツェランの詩的言語が境界そのものであることを暗示しており、そこに難解であるツェランの詩の「翻訳不可能性」ではなく「翻訳可能性」を多和田は読み取っている。多和田はこうしたことを計算したうえで、つまり日本語に訳された時にどうなるかを考えてこの小説もドイツ語で書いたと訳者には思われる。たとえば次の箇所がそうである。

　彼は階段の段数を数える。（…）彼が四十七を数えると、彼の鍵が鍵穴にぴったり合う。彼の住まいは毛むくじゃらの建物の屋根の真下にある。曇った小さな天窓だけが外に開かれており、空が賭けに加わると、その空間は薄暗い穴ではなくなる。（九四頁）（傍点訳者）

　内容に深いメッセージが隠されているわけではない。問題はその字である。ここには穴冠を用いた漢字が三つ、すなわち「穴」と「空」と「窓」が登場する。ドイツ語ではそれぞれLoch、Himmel、Fensterとなっており、語源や意味で共通点は全くないが、日本語にすると意味の結合性が生まれる。「空」はドイツ語Himmelの天上的な、そして広々とした空間のイメージとは異なり、ある閉ざされた空間（穴）の中を工具（工）で貫くことからできた字であり、貫かれた穴から「空(むな)しい」というイメージも生まれた。たとえば次の原文は、日本語の「空」のもつ意味の二重性をうまく生かして書かれている。

窓ガラスを通して澄み切った空が見える。それはパトリックにとって青いというより、むしろ空(くう)に感じられる。(一一九頁)

ドイツ語のleerは「からの」「うつろな」という意味であるが、これを「空(くう)」と訳すことにより、二重性が効果的に表れるようにした。「窓(窗)」も屋根にあけた穴の象形(囱)としてできている(当用漢字の窓は新字体)。このような、言語と言語の間に生まれる「穴」とそれを自在に往復しつつ変容する言葉こそが、多和田文学の特性の一つであると訳者は考えている。

もう一つ、二〇〇二年にドイツ語で書かれたツェラン論「草でできた冠——パウル・ツェランの『誰でもない者の薔薇』に寄せて」についても触れておきたい(『テクストと批評　ツェラン特集号』に収録)。これは詩集『誰でもない者の薔薇』を日本語に訳すと、今度は草冠を用いた漢字が頻出するというものである。実際、タイトルにもある薔薇(Rose)の漢字が二つとも草冠でできている。ほかにも「草」「花」「茎」「草」と言った草冠を使う字が詩集に出てくる。おそらくその背景には多和田が自分の名前の中に「葉」が刻み込まれており、ドイツ語ではBlattと書くその語が、「紙」をも意味し、作家としてのアイデンティティと深く結びつくことをも意識しているのだろう。事実、ドイツ語で書いた詩論『変身』において多和田はそう語っている。

ただここでもっと興味深いのは、たとえば「ベッドの架台(Bettstatt)」の二つずつtを重ねた綴りの中（tt、tt）に草冠の視覚的な表れを読み取っていることである（ちなみに草冠の旧字体は艹と書く）。ほかにもオシップ・マンデリシターム（Ossip Mandelstamm）の〇という綴りは数字のゼロを具現しており、詩集のテーマでもあるNiemand（誰でもない者）やNichts（無）とも共鳴すると述べる。このような傾向を多和田は「目の翻訳」と呼んでいる。

多和田には先のヴェアマンのほかにも、ツェラン研究者たちが気づかなかった優れた切り口を見せてくれる読書家の知人がいた。その人がツェランとモーシェ・フェルデンクライスとの関係に気づかせてくれたという（詳細は本文と訳注を参照）。この二人のツェラン通に刺激されて主人公のパトリックが生まれたのだと多和田はシンポジウムで語っていた。この二人の衣鉢を受け継いだ多和田の独自のツェラン解釈は、これまでの研究者にはない自由と斬新さがある。

ところで読者もすでにお気づきのように、二〇二〇年の二月ころから夏まで集中的に執筆された本小説には、随所にパンデミックの雰囲気が漂っている。冒頭、パトリックがさまようベルリンの街は半ばゴーストタウンと化し、ひと気があまり見られない。彼がひじの内側に咳をする仕草や、長らく封鎖されたオペラハウスにもそれを感じることができる。また最後の章の冒頭で寝汗をかいてベッドで苦しんでいるパトリックは、コロナウイルスに感染しているのかもしれない。そもそもパトリック自身の精神状態が、もしかするとコロナ禍のパンデミックにおける孤立状態から生じた孤独と関連しているという読み方も可能であろう。「コロナ」という言葉は本文にはたった一度登場するだけであるが、コロナウイルスの形状を彷彿とさせる「糸の太陽たち」や糸かけ曼荼羅も含めて、遠い将来、この小説がコロナ禍の中で生まれた先駆的な地位を占める日がやって来るかも知れない。

最後に翻訳について。さほど長くない作品であるが、翻訳は思いのほか難航した。訳者の非力によるところが多いが、ツェランの詩を縦横無尽に織り込んだ文章は難解であった。幸い齋藤由美子さん（帝京大学専任講師）が大きな力になってくれた。齋藤さんは多和田さんも博士号を取得したジークリット・ヴァイゲルの下で「多和田葉子と翻訳」というテーマで博士号を取得し、滞独経験も長い。彼女が訳文を原文と突き合わせて確認するというやっかいな作業を引き受けてくれた。もとより翻訳の責任は訳者ひとりにあるが、有益な助言をしてくれた齋藤さんに心から感謝したい。

本書が刊行できるきっかけを作ってくださった、ツェランの愛読者でもある心優しい文藝春秋の大川繁樹さん、担当編集者としてあらゆる面で相談に乗り、献身的な援助と細部に至るまで念入りのチェックをして頂いた田中光子さんにも心から御礼申し上げる。とりわけオペラに精通した田中さんの助言のおかげで、訳注がいっそう充実することになった。最後に忘れてはならないのが、訳者からの細かな質問にも丁寧に答えてくださり、素晴らしい本文の後に蛇足ともいえる「訳者によるエピローグ」の挿入を認めてくださった作者の多和田葉子さん。すべての方々に心からお礼を申し上げたい。

二〇二二年一一月二三日

関口裕昭

著 者

多和田葉子（たわだ ようこ）

1960年東京都生まれ。早稲田大学第一文学部卒業。ハンブルク大学修士課程修了。チューリッヒ大学博士課程修了。82年よりドイツに在住。91年『かかとを失くして』で群像新人文学賞、93年『犬婿入り』で芥川賞、2000年『ヒナギクのお茶の場合』で泉鏡花文学賞、02年『球形時間』でBunkamuraドゥマゴ文学賞、03年『容疑者の夜行列車』で伊藤整文学賞、谷崎潤一郎賞、05年ゲーテ・メダル、11年『尼僧とキューピッドの弓』で紫式部文学賞、『雪の練習生』で野間文芸賞、13年『雲をつかむ話』で読売文学賞、芸術選奨文部科学大臣賞を受賞。2016年にドイツのクライスト賞、18年『献灯使』で全米図書賞翻訳文学部門、20年朝日賞など受賞多数。

訳 者

関口裕昭（せきぐち ひろあき）

1964年大阪府生まれ。慶應義塾大学文学部卒業。同大学院文学研究科博士課程単位取得。文学博士（京都大学）。現在、明治大学教授。専門は近現代ドイツ抒情詩、ドイツ・ユダヤ文学、比較文学。著書に『パウル・ツェランへの旅』（郁文堂、2006年、オーストリア文学会賞）、『評伝　パウル・ツェラン』（慶應義塾大学出版会、2007年、小野十三郎賞記念特別賞）、『パウル・ツェランとユダヤの傷――《間テクスト性》研究』（慶應義塾大学出版会、2011年、連合駿台会学術賞）、『翼ある夜　ツェランとキーファー』（みすず書房、2015年）などがある。

図 版

P26　張介賓『類経図翼』より「手太陰肺経」（京都大学附属図書館「富士川文庫」所蔵）

P168　Adolf Faller: Der Körper des Menschen. Einführung in Bau und Funktion. Georg Thieme Verlag, 1966

DTP 制作　ローヤル企画

パウル・ツェランと中国の天使

2023年1月10日　第1刷

著　者　多和田葉子
訳　者　関口裕昭

発行者　花田朋子
発行所　株式会社 文藝春秋
郵便番号 102-8008
東京都千代田区紀尾井町 3-23
電話　03-3265-1211（代）

印刷所　理想社
付物印刷　大日本印刷
製本所　若林製本工場

ISBN978-4-16-391636-1　Printed in Japan